爱上烟火 遇见暖

王继颖 著

远方出版社

图书在版编目（CIP）数据

爱上烟火遇见暖/王继颖著.—呼和浩特：远方出版社，2020.5
（心灵瑜伽系列）
ISBN 978-7-5555-1352-0

Ⅰ.①爱… Ⅱ.①王… Ⅲ.①散文集—中国—当代 Ⅳ.①I267

中国版本图书馆 CIP 数据核字（2020）第 051702 号

爱上烟火遇见暖
AI SHANG YANHUO YUJIAN NUAN

著　　者	王继颖
责任编辑	云高娃　敖尔格勒玛
责任校对	云高娃　敖尔格勒玛
封面设计	鸿儒文轩
出版发行	远方出版社
社　　址	呼和浩特市乌兰察布东路 666 号　邮编 010010
电　　话	（0471）2236473 总编室　2236460 发行部
经　　销	新华书店
印　　刷	三河市华东印刷有限公司
开　　本	145mm×210mm　1/32
字　　数	188 千
印　　张	9
版　　次	2020 年 5 月第 1 版
印　　次	2020 年 5 月第 1 次印刷
标准书号	ISBN 978-7-5555-1352-0
定　　价	45.00 元

如发现印装质量问题，请与出版社联系调换

目录

第一辑　长相亲：你的行踪，我的旅程

神秘"飞鱼" / 002

你的行踪，我的旅程 / 006

母亲进入朋友圈 / 010

爱，如箭在弦 / 014

退到观众席 / 017

母亲是最后的赢家 / 020

"七十二变"慈母心 / 023

母亲手指上的风景 / 026

顾家暖男 / 029

虚惊几场又何妨 / 032

但行善事，莫问前程 / 035

接受爱也是一种回报 / 041
你的"百宝箱",我的幸福天堂 / 048
亲亲的原野 / 055

第二辑 常相念:爱上烟火遇见暖

从容向老 / 060
乡间百合香 / 063
爱上烟火遇见暖 / 066
一念花似锦 / 069
你谢绝的花束,已植根心底 / 072
每个人都可以平等地做梦 / 076
心间养一眼暖泉 / 079
闻香识爱 / 083
放一条温暖的长线 / 086
一径心香 / 089
远方的小儿女 / 092
淡情浓谊总相宜 / 095
不失尊严,活出滋味 / 099

第三辑　久相惜：初心如朝阳

三个女人一面旗 / 104

他曾用心呵护青春 / 107

初心如朝阳 / 110

做一辈子的精神美容师 / 114

善行是最美的童话 / 117

锦绣情怀 / 120

葵花朵朵开 / 123

在光阴的巨蚌里育沙成珠 / 126

一歉千金 / 129

落座须怀虔敬心 / 132

请给予一些美好的种子 / 135

助力成长，天使在歌唱 / 138

牵住她的手，画出幸福的圆 / 144

第四辑　偶相遇：给人生加一道花的篱笆

疏星闪亮，满月金黄 / 152

在危崖上邂逅 / 155

且行且珍惜的男人 / 158

在苦涩中找到微笑的理由 / 161

新绿浓，蛙声起 / 164

遇一城娴静的香 / 167

尘世芳华，心田安家 / 170

给人生加一道花的篱笆 / 173

那一声感谢 / 177

把清苦酿成甜蜜 / 180

最曼妙的"舞姿" / 183

咱们一起唱国歌 / 186

愿你与世界温暖相待 / 190

第五辑　时相忆：月见草花开的夏天

月下少年 / 196

心灵在纸上起舞 / 200

饭盆儿里的春天 / 203

渗入生命的那场春雨 / 206

青春岁月的那些细软 / 209

月见草花开的夏天 / 212

剪报本·猫头鹰·意见簿 / 216

人生也须"有境界" / 220

专注谱出更美的旋律 / 223

恍如隔世,又咫尺暖心 / 226

牵手一时,相亲一世 / 230

那朵谎花,惊艳过青春 / 234

走散了,不必说再见 / 238

第六辑 遥相望:才情如叶善如花

风中茅草,千年不朽 / 242

身往不如神往 / 245

谁道人生无再少 / 248

相逢恨晚的一联阳光 / 252

先生的镜子 / 255

灯火可亲 / 260

点一盏灯照亮幸福旅途 / 263

还她一片烟火红尘 / 267

才情如叶善如花 / 272

别人身边的大神 / 275

第一辑

长相亲：你的行踪，我的旅程

天下儿女，不管行踪何处，都逆着父母之爱的河流，请你们试着理解！如此，方能铭记，一个人，行走尘世，顺遂也好，坎坷也罢，对血脉亲人至关重要，都必须时时谨慎，处处自珍。

神秘"飞鱼"

从教室出来,女儿给奶奶打电话,"奶奶,我在学校挺好的……"

未等女儿说完,电话里就传出急促的颤音,"那么大个教室,怎么才两个人?"

女儿奇怪,"您怎么知道才两个人?同学多着呢!"

"还哄我,昨天看到你在教室学习的照片,除了你,只有一个同学,心疼得我一夜没睡好。奶奶不放心啊……"奶奶的声音有点哽咽。

2014年暑假,女儿只回家几天,便返校为考研做准备。暑假期间,宿舍里有同学做伴吗?学校食堂还有饭吗?教室里热不热、安全不安全?尽管女儿一再保证,让我们放心,我们还是一百个担心。还好我也有暑假,便受了爷爷、奶奶和爸爸的重托，千里迢迢随女儿到校一探究竟。到了女儿学校所在的历史文化名城，我一不看山水，二不览名胜，只潜伏在大学教室里读书作文，觉得有女儿在的地方便是人间仙境。

第一次自习，女儿选定一个人少的大教室。静悄悄的教室里，只有屋顶空调运转的声音。我坐在第一排，闲翻几十页书后，回头望，女儿正伏案做题，专心致志。我悄悄举起手机拍下她学习的瞬间，不过想通过微信慰藉爱人那颗牵挂的心，并未注意当时教室里有几个人。爱人收到微信，看女儿学习用心，又想到有我陪伴，格外欣慰，当晚将照片给奶奶看。奶奶看到的是，偌大的教室里，包括孙女在内才两个孩子。最疼爱孙女的奶奶以为在校学习的只有两个孩子，牵肠挂肚，辗转一夜。

为让奶奶放心，我和女儿换了个人多的教室。我偷拍下她和十几个同学学习的镜头，并悄悄潜入另外几个人数稍多的教室，一一拍照，微信发给爱人，让他拿给奶奶看。然后我打电话向老人汇报："学校里准备考研的孩子很多，宿舍里不止她一个，食堂照常开放，教室里有空调，宿管、保安、保洁等工作人员都在坚守岗位……"

教室里，读书作文之余，我也常用手机或电脑上网，点开家长的QQ群看看。2011年暑假后，我和爱人成为大学生家长，开始频繁关注网上与女儿大学有关的信息，意外发现并进入女儿所在大学的家长群。群员队伍不断壮大，11级、12级、13级，2014年暑假前已近五百人，并陆续有14级的家长申请进来。

"11级的家长们，出来说话啦！"对话框里，一位母亲一招呼，在线的家长出来一片。

"想孩子了！你家孩子回家了吗？"

"没有，在学校用功，准备考研呢！"

"我孩子也没回家，不知在学校过得好不好，真是不放心！"

…………

教室里静静的，坐在第三排的我悄无声息地走到教室前面，用手机拍下埋头学习的十几个孩子，发到家长群，又回到座位，"看看吧，孩子们都很用功，请放心，这里一切都好……"

"你在学校啊！和孩子在一起，多幸福！"

"照片有点模糊，看不清楚，不知这里面有没有我女儿。"

"你看看教室里，有没有高个子、戴眼镜的男生？"

我抬头环顾，教室里的男生，有三个都是高个子、戴眼镜。因为怕影响他们，不敢拍正脸，只能偷偷地变换角度，分别拍下他们专心学习的侧影。

"这张侧影和我儿子的样子差不多。我放大细看。"这位母亲迟疑了片刻，惊呼起来，"看到他耳边的那颗痣，真是我儿子呢！太激动了！"

之后，家长们提出一连串问题，几乎全是我来校前担心的那些。我把向奶奶汇报的内容又向家长们重复了一遍。

"偷拍"的照片似神秘"飞鱼"，一次次插上网络的翅膀，向四面八方遥遥飞去。校园里追梦的孩子们，或许永远不会知道，网络那端，呵护自己长大的亲人曾温情脉脉地注视他们。那些记录着他们影像的"飞鱼"，曾慰藉过浓浓的担忧与挂牵。

你的行踪，我的旅程

微信朋友圈，女友贴出了一张风景图片，明净的蓝与黄将画面一分为二，上面是碧蓝如洗的广袤天空，下面是金黄灿烂奔流到天际的油菜花海。图片上配一行字："七月青海，一半是蓝天，一半是花海。"我被这美景诱惑，点开朋友的微信相册，一连几天贴出的，竟都是让人迷醉的风景图片。

青海湖黄昏日落和清晨日出的如梦胜景，黑马河边帐篷外沐浴着阳光的明媚野花，敦煌大漠绵延不尽的漠漠黄沙……我在女友贴出的风光画里神游，羡慕之情油然而生。

"真美！去旅游啦？"我通过微信给她发信息。

"工作忙，哪有时间旅游？"女友很快回复，这让我有些意外。以往，女友很少在微信圈里发图文信息，有时想与她闲聊，微信问候几句，也常隔上三五日才收到回复。

"女儿大学生活结束,和寝室的姐妹一起毕业旅行,去敦煌和青海湖,我和她爸颇感欣慰,因为独立出游能帮助她成长,我们也能追着她的脚步神游古迹名胜,但更多的是担忧和牵挂。这几天,我们成了手机控,时时关注女儿行踪,微信短信联系不上,马上打电话……"提起女儿,女友的话语像决堤的江河滔滔不绝。

女友再一次滔滔不绝地讲起女儿出游,是在几天后的清晨。我与她在去菜市场的路上邂逅,她正打算去买菜,给刚刚旅行归来的女儿做美食。她的面容有些憔悴,略带倦意的眉眼间,却绽放着源自心底的欢喜。

"女儿和姐妹们从大学所在的城市启程那天,因打车去火车站路上拥堵,没赶上近午出发的火车。暑假来临,一票难求,预订的软卧车票作废,难坏了几个孩子。几番周折,才买到下午五点的火车硬座票。一路上,女儿坐得屁股疼痛。我和她爸一路跟着心疼,仿佛长途颠簸在硬座上的是我们。

"到达青海湖的那个黄昏,微信、电话都联系不上女儿,心都提到了嗓子眼儿,直到晚上女儿电话打过来,说刚刚和姐妹们去青海湖边浅水区踩湖泥,才暂时定了会儿心神。因为几个孩子没有随团,是自助旅行,青海湖游客爆满,没定到合适的旅馆,那一夜住在黑马河边出租车司机介绍给她们的帐篷里。帐篷单薄,夜里寒冷,最怕的是不安全,做父母的提心吊胆了一夜。

"女儿和姐妹们在敦煌分手,各自踏上归家的长途。女儿预订了嘉峪关到北京的硬座火车票,从敦煌坐火车到嘉峪关已是深夜,到北京的火车第二天中午才发出。心疼孤单的女儿要在火车站等上半天,且要在火车硬座上熬三十多个小时,再转车才能到家,于是当机立断开了电脑,查火车票,查飞机票,让女儿买了深夜两点多到兰州的火车票,又从网上给她订了兰州中川机场飞往首都机场的机票。那一夜,等到女儿上了火车,才勉强睡了两小时。

"女儿到兰州是上午十一点,距飞机晚七点半起飞还有八个多小时。她爸早就查好了火车站到中川机场的路线,联系好了候机时可以短暂休息的机场宾馆,殷殷地告知女儿,并再三叮嘱。我们就这样一直担着心,直到午夜一点,安全地从首都机场把女儿接回家,两颗心才落了地……"

这女友和她的爱人是谁?或许,就是天下所有为人父母者吧!儿女的行踪,都是父母牵挂关切的旅程!天下所有父母的心,都是常常高悬着,随着孩子行走在熟悉或陌生的路上!

还好,女儿是去旅游,览名胜,访古迹,女友除了担忧和牵挂,还有无尽的欣喜和回味。想想古代木兰出征,"旦辞爷娘去,暮宿黄河边,不闻爷娘唤女声,但闻黄河流水鸣溅溅。旦辞黄河去,暮至黑山头,不闻爷娘唤女声,但闻燕山胡骑鸣啾啾……"木兰的父母牵念女儿的行踪,内心经历的又是一段段怎样的旅程?

天下儿女,不管行踪何处,都逆着父母之爱的河流,请你们试着理解一下父母的牵挂!如此,方能铭记,一个人,行走尘世，顺遂也好，坎坷也罢，对血脉亲人至关重要，都必须时时谨慎，处处自珍。

母亲进入朋友圈

微信程序推出没多久,母亲就申请进入了我的朋友圈。我转发阅读过的文字,点赞行列中少不了母亲的微信头像。我出差或旅游,喜欢发照片,常常是照片刚发出,母亲便评论或私聊,殷勤地询问叮咛:"去哪里了?和谁去的?离家在外,注意安全……"朋友或报刊公众号发我的文章,文后间或有现金赞赏标志。为数不多的赞赏者头像中,母亲的微笑格外显眼。

附近乡村一个男孩儿,父母患病,家庭陷入困境。我请朋友带路给男孩儿送去现金红包,又买了书和新衣托朋友捎去。朋友拍了见证我慈心的照片,我不在朋友圈公开,微信私聊发给乐善好施的母亲。时过半载,我手机上那几张照片早不知去处。回娘家,母亲提起那男孩儿,拿出手机,把几张照片一一翻出,微笑着对我表示赞许。

与我有关的照片,母亲珍藏了许多。姥爷寿辰,我送过一幅工笔繁花图,那是我用一个多月闲暇时光画成的。姥爷去世,那幅画混进姥姥家的杂物间。母亲把那幅画翻出,让父亲拿到书画店重新装裱嵌入镜框,摆放在客厅显眼位置。又是几年过去,我的旧画,在父母客厅里明艳如新,玻璃镜框被擦拭得洁净无尘。我对着多年前的画作拍了照发到微信朋友圈,没过几天,母亲就用这张照片做了她微信相册的封面。

母亲以我能写会画、小才微善为荣,给我提意见也直言不讳。我写故乡做豆腐的桂生大伯,为突出大伯满脸麻坑的外貌特征,称呼他"麻子大伯"。初稿完成,微信发给母亲,想让她看看做豆腐的过程有无问题。母亲郑重回复:"做豆腐的过程没问题。'麻子大伯'得改。他脸上的麻坑,是小时候得天花落下的,旧社会医疗条件差,没办法!写作的事我不懂,但对别人得尊重。"我参考母亲建议,把对大伯的称呼,改为"桂生大伯"。

母亲的建议,唤醒了从前的记忆。我刚结婚那几年,经济拮据。春节回娘家,母亲总督促我买些礼物去看三奶奶。三奶奶是桂生大伯的母亲,幼时清晨,我找她孙女一起上学,吃过几回她为我准备的早饭。"滴水之恩,当涌泉相报。"这话,记不清母亲唠叨过多少遍。

微信朋友圈,恐怕唯有母亲,一直密切关注我的动态,无微不至关切我的身心,并一直以我为荣,一直把我当孩子教育吧?

朋友圈里,母亲的个人相册封面,我旧画上的繁花绚丽多彩,明艳如新;母亲的头像,朴素无华,微笑灿烂,睛和的面容,如她身后田田荷叶间那朵盛开的莲。

只读过三年小学的母亲,缠着侄子教她用微信,耗费了很多时间。她最初和我聊微信时出的笑话,至今想起仍啼笑皆非。故乡小村"辘轳把",母亲发过来却成了"驴驴把";我说女儿爱吃我爸做的美食,是姥爷的"粉丝",母亲却回复:"家里有粉丝,别买……"

再早些,母亲学习用手机打电话、发短信,用她自己的话说,都费了牛劲儿。更早些,她反复读着我变成铅字的文章,也梦想写一本回忆录,于是忙里偷闲,对着我用过的旧字典、铅笔和练习本,翻呀翻,查呀查,写呀写。不知写了多久,她交给我一沓写满铅笔字的练习本,她的大半生光阴,在朴素稚拙的描摹叙说和议论抒情里,铺成一条曲折幽深的乡间小路,从山重水复的艰辛、迷茫,通向柳暗花明的知足、欣慰。帮她在电脑文档中打回忆录,读着敲着那些从生命中流淌出来的话语,仿佛被一位质朴善良的女朋友领着,沿乡间小路,看她的前世今生。

清楚记得,我多次一本正经地和女儿说:"我做你朋友好不好?让我们做朋友吧!"

只读过三年小学的母亲,一定如我在内的许多母亲,想以孩子朋友的身份,进入孩子的朋友圈——不只是网络中的,还有现实中的。

"人生所贵在知己,四海相逢骨肉亲。"做朋友的最高境界,是做成骨肉亲人;那么做亲人的最高境界,该是做成朋友吧?母亲进入朋友圈,我们的人生,即使难免遇到险滩低谷,步入幽暗困境,也会有关切的手牵引,有温暖的光照耀,穿过山重水复,通向柳暗花明。

爱，如箭在弦

养一只宠物，是她多年的希望。至今，她还清晰记得仅有一周之缘的球球。那是舅舅送她的一条小狗，刚刚满月，毛色乳白，胖乎乎，软绵绵，娇憨温柔。球球的到来，让刚升入四年级的她欢喜得饭吃不香，课上不好，夜里三番五次地起来照看。一周后，爸爸不顾她的哭闹，强行送走了球球，理由是球球严重影响了她的休息和学习。从那以后，在养宠物问题上，爸爸独断专行，再不允许猫猫狗狗们进家门。

健健康康地上了重点大学，离家几千里，她终于圆了爸爸望女成凤的梦想，也终于摆脱了爸爸的限制，可以实现自己养宠物的梦了。

大一，熟悉同学，熟悉环境。当然，学业也不能耽误。从小到大，好好学习已成惯性，初入大学，当然不能输给同学。再说，保研进入水平更高的学府深造是她学业上的下一个目标。她选定大二作为养宠物的最佳时间。学校规定不能在寝室养宠物，猫狗爱叫爱闹，会暴露目标，她便到校外买了一只温顺的小兔子，偷偷抱回寝室，取名白雪公主，又趁天黑出去买了一个精美的兔笼，悄无声息地拎回来。

　　白雪公主毛色洁白，胖乎乎，软绵绵，娇憨温柔，宛若当年的球球。寝室的姐妹们开始溺爱得不得了，新鲜了不足一月又都扎进学业里。她却对白雪公主不离不弃，觉得养兔子的过程甜蜜而美好。公主初来时弱小得和她拳头差不多，待学期结束已经身强体健，一尺多长。这些，她不想让爸爸知道。她只告诉爸爸，期末考试有一门课挂了科，即使补考及格，也丧失了保研资格。电话里，她说一个人在校园的小湖边郁闷，跳下去的心都有。电话那边，几千里外的爸爸并未询问挂科原因，只焦急地劝慰："宝贝儿，别伤心，别伤心……"

　　既然宠物和学业不可兼得，那就把白雪公主送人吧。思来想去，她决定送给校门外一家小宾馆的老板。爸妈入学时来送她，劳动节来看她，都住这家宾馆。

　　给爸爸打完电话的第二天晚上，她让寝室姐妹和她抬着兔笼，来到小宾馆一楼服务台前。楼梯上传来很熟悉的脚步声，有人从楼上往下走。她想，或许是幻觉吧，他来，不可能。

　　"你爸爸刚到，才去房间放行李。"宾馆老板话音刚落，一个熟悉的人出现在她眼前，臃肿的身材，憔悴的胖脸，发黑的眼圈。是爸爸！没想到几千里外的爸爸接到女儿电话，箭一般把自己射了过来。

爸爸看到笼子里的白雪公主，沉默了片刻，似乎明白了一切。很快，他温暖的大手抚在了她肩上，微笑着和她的姐妹们打招呼。

"宝贝，别伤心，补考及格，照常毕业。保不了研，想读研，就自己考吧。爸爸一直相信你的实力……"父女俩在校园里走，爸爸抚着她的肩温和地劝，只字不提兔子的事。

她想起，小学时，父亲骑车送她，到校门口她才意识到没带书包。父亲自责太马虎，骑车如飞回家去取。她想起了，初中时，冬夜里她感冒发起高烧，爸爸闪电般出门，很快买回一大袋子药。高中晚自习时下大雨，本说好工作太忙不回家的爸爸，怕她回家路上挨淋，以最短的时间开车到校门口，又打了伞去教室门口迎她……为了她的健康和学业，有无数个瞬间，他的爱如箭离弦，瞬间抵达。他的爱，如天下许多父母的爱，暖暖的，如箭在弦，时时待发。

虽然失去保研资格，她仍以优异成绩考取了上海一所重点大学的研究生，离家依然几千里远。毕业后，她在上海一家外企工作了两年。爸爸偶尔箭一般把自己射过去，把温暖的爱射过去，为了她的一些小事。

突然接到了妈妈的电话，爸爸住院了，多年高血压引发严重的冠心病，可他却拦着不让给她打电话。她的泪泉水般涌出，眼前模糊上演着一幕幕往事。她毅然辞职，箭一般把自己射出去，向着家的方向。

退到观众席

　　花事纷繁的四月天，我辗转倒车去给女儿送东西。在宾馆门口等我的女儿，见到我那一瞬，泪珠扑簌簌落下来，"我想跟你回去……"

　　公务员考试中，女儿顺利通过笔试，离家在外参加面试培训。与女儿一起培训的，多是名校应届毕业生中的翘楚，思维敏捷，伶牙俐齿。频繁的模拟练习，即使寻常老话题，这些竞争对手也能口吐莲花，说出许多新意。虽同为重点大学的佼佼者，女儿却暂时落后，三番五次被培训老师点出不足。女儿信心受挫，自觉希望渺茫，再加上每天从早到晚高强度训练，没几日，人就瘦了几斤，圆润的脸也变得瘦削。

　　怎么能回去呢？就业形势很不乐观，90后的大学生都要通过竞争的门槛步入社会。强手如林的环境，既让人受挫，也能激励人快速提升。我把送去的东西交到女儿手里，强装笑颜勉励她几句，便又把她独自留在宾馆门口，转身离开，心疼的泪悄然涌出。

面试培训即将结束，女儿却突然沮丧地打来电话。她才得知面试也要缴费，但已经过了缴费期限。这意味着，花钱费力培训多日，她可能连面试资格都不能获得。我慌忙拨通相关部门的联系电话，说明情况，请求补缴面试费用。工作人员答复："按规定，不缴费视为放弃面试资格，但是有几个考生都打电话请求补缴，我们得研究一下。你孩子都快工作了，这样的事，让她自己处理。"

那一晚，我失眠了。反思女儿的成长之路，从迎接她出生到护送她进大学校园，我们做父母的确实管得太多太多。面试缴费，本来是招考细则上写明的，或许女儿正是存了要父母管下去的依赖心理，才忽略了。走上工作岗位，正式步入社会，前行路上的许多横生的枝节都须她独自拨开。我们要做的，不是继续助长她成为父母的藤蔓，而是让她自由地舒枝展叶，长成一棵可以独自行移经得起风雨的树。

我和爱人商量后，让女儿自己处理问题，忐忑不安等待她的消息。女儿传回消息，她联络了与自己"同病相怜"的几个考生，牺牲了培训时间，打电话，坐公交，转地铁，奔波两日，终于补交了费用，获得了面试资格。

事后谈起，女儿非常感谢那段受煎熬遇麻烦的经历。的确，那样的经历，让她的生命得以拨节。

女儿毕业了，工作地在距我们不远的城市，每周末可以回家。大学期间，往返交通，我和爱人事事提醒，亲自送迎，女儿从不操心。上了班，我们不再包揽，买票乘车，时间早晚，全由她自己安排。最初因磨磨蹭蹭误过两次火车，后来再未重蹈覆辙。

又是花事纷繁的四月天，女儿正在南方一所大学进修。她临走前那个周末，我和爱人开车去她工作的城市办事，顺便接她回家。那天，到她租住的房子，我们坐在沙发上，任她给我们烧水沏茶、削水果、递零食，享受客人的待遇。整整半天时间，我们袖手旁观，欣喜地看着她收拾被褥、整理行装、清理书桌、扫地拖地。直到把房间收拾得整整齐齐、一尘不染，恋恋不舍地用手机给小窝拍了照，女儿才催促两个"客人"带她离开。以前，这样的事，我常常代劳，没想到，她自己做起来，比我还要耐心细致。

曾经，怕女儿孤单，怕女儿脆弱，我们甘当伴飞的鸟，甘当遮风挡雨的大树。女儿长大，终究要还她一片自由翱翔的天空，一片让生命之树枝繁叶茂的沃土。于是，我们渐渐退到观众席，目送她走向更宽广的生命舞台，期待着她在天空中翩翩展翅，在沃土上葳蕤花开。

母亲是最后的赢家

央视《越战越勇》"为梦唱响"的某一期节目中,首先出场的是曹桃,一个金发红裙、粉面桃腮的小女人。她演唱《如果有来生》时,打动我的并非她轻柔甜美的歌,而是她照耀着孩子们的那种温煦。三个小小的红裙女孩儿围着她跑跑跳跳,拽她的裙角,摸她的话筒,如幸福的小花儿般绽放在她身边。她像一颗春日暖阳,散着融融的阳光。

三个小女孩儿是她三岁的三胞胎女儿。这位年仅二十五岁的小妈妈怀孕时,同龄女孩子多在大学里读书,享受着父母的娇宠、老师的呵护。而她,因为肚子太大,怕孩子早产,担心出闪失,几个月憋在家里,连吃饭都躺着吃。三胞胎女儿带来的辛苦,她只是轻描淡写说了几句,"只要和她们在一起,陪着她们,我就很开心。"她说这话时温情骄傲的神情语气，比柔美的歌声更打动人心。

曹桃暂时站到了守擂处。第二个出场的是王凯，一个高大俊朗的小伙儿。小伙儿患有先天眼疾，即便戴着一千多度的眼镜，视力也只能达到0.1。距他很近的评委，他也只能看出衣服颜色，看五官一团模糊。他如何上学识字？主持人一问，又牵出一个小家母爱的细节。

小学一至五年级，他上正常孩子读的小学。课本上密密麻麻的小字，他哪里看得到，他的母亲把课本上的小字放大誊写在挂历般大小的牛皮纸上，这样他借助放大镜就能看清。一页页、一册册课本，变成一页页、一册册写满大字的牛皮纸。后来他不得不进入盲校。面对学盲人推拿还是学唱歌的选择，家境普通的平凡母亲鼓励支持他选择费用昂贵的学唱之路。大学音乐表演专业毕业后，他凭借优异的艺术成绩成为北京残疾人乐团的独唱演员。

惠特曼说："全世界的母亲都是相像的，她们的心始终一样。每一位母亲都有一颗极为纯真的赤子之心。"守擂处的曹桃就是怀着这样一颗纯洁的心，看着王凯母亲从家带来的一册册牛皮纸"课本"，倾听母爱细节的吧？

王凯唱了一曲《滚滚长江东逝水》，音色标准的男中音将旋律中的长音表现得有情有味，细枝末节也处理得极为到位。他与曹桃，演唱水平迥然可分。评委裁判前，聪慧的曹桃应该早知结果。

按规矩，评委评判时，歌者要走到舞台前面。曹桃微笑着离开守擂处，带着一脸母性的阳光走向刚唱罢歌的王凯。

她双手轻轻搀住王凯一只胳膊，小心翼翼地扶他走到舞台前，待他站稳，才松开手，然后自己站定。评判结果出来了，曹桃被淘汰。她依然微笑着，双手轻轻搀住王凯一只胳膊，小心翼翼扶他走到守擂处，扶他站稳，才转回身来，重回台前，和主持人、和观众告别。

暂时的赢家王凯后来也没能守住"为梦唱响"的擂台。曹桃和王凯的歌声或许会很快在观众记忆里模糊，然而我相信，小女人曹桃和王凯母亲的爱，将会被平凡的母亲们常翻常新，将永远散发春日阳光般的温暖。不管生命的舞台上有多少辉煌，最后的赢家永远是母亲。因为正如高尔基所说："世界上的一切光荣和骄傲，都来自母亲。"

"七十二变"慈母心

女人的心，若能完成"七十二变"，往往是因为做了母亲。

"变心"之前，女人即使罗敷有夫，也褪不尽小女生的青涩与稚嫩，算不得味道十足的成熟女人。只有在婚姻中完成一场朴素的"变心"，女人才能真正华丽地转身，成为魅力无限的美丽女人。

曾经，可以心粗如磨盘，忘记自己的生日，自有父母惦念；迷失出游的方向，自有爱人牵引；丢掉回家的钥匙，自有公婆送来……自从另一个生命驻扎进身体里，女人就变得心细如发尖。小生命降临人世的时间，可以精确到秒地在女人心里清晰几十年。年年岁岁心相念，总不忘在那一天准备一桌丰盛的餐饭。偶尔带小家伙外出，首先考虑路的平坦与安全，不给迷失以机会。若是骑自行车，一手稳牢车把，一手回握住柔软的小手，怕小家伙调皮或者困倦，生出半丝半毫的危险；若是坐车，便揽小东西入怀，臂弯是最温暖的安全带。女人的钥匙，开启的不仅仅是家门，还有宝贝的幸福、舒适与平安，哪里再敢粗心大意？

过去，见了虫子都要心惊胆战，怕黑、怕雷、怕孤独。当女人不再只是女儿、儿媳和妻子，有了一个更神圣的称号，渐渐变得胆大如斗。在街头，携着血脉相连的幼小，突遇东奔西窜的恶狗，女人再不会心慌意乱，而是淡定从容地抱起孩子，平心静气地移步远去。暴雨夜，电闪雷鸣，爱人出差，读高中的孩子即将下晚自习。女人拿了孩子的衣服和雨具，打着伞勇敢前行，到校门口，衣服鞋子早已湿透，却在给孩子披上衣服擎起雨伞的一刻安心满足。

往昔，心驰神往的只是花好月圆，两情久长。二人世界多出一个稚嫩的舌尖，在与锅碗瓢盆的共舞中，女人指挥着柴米油盐的平淡光阴，眼见小儿在美食的津津有味中渐长渐高，更加心满意足。孩子读了大学，参加了工作，建起了小家。女人收到短信，"我想吃红烧肉，想吃炸茄盒，想吃地三鲜……每颗想家的心中都有一本飘香的菜谱。"女人回："孩子，是你的胃口想家了。"于是，擦洗炊具，清理冰箱，储备食材，心甘情愿地期待着给那个越来越像自己或爱人的孩子做羹汤，备佳肴。

前世，或许有过心灰意懒，心浮气躁，心猿意马；女人的今生，修炼得心灵手巧，心平气和，心无二用，心明眼亮，心慈手软，心朗气清……"变心"的女人，褪尽青涩与稚嫩，成功完成平淡婚姻中的华丽转身，笑容如花，日子如酒，韵味绵长而风姿动人。而这一切，只因为那个心爱的宝贝，一声声甜蜜悠长、令女人心醉的呼唤——妈妈！

母亲手指上的风景

幼小的我,睡觉时偶尔磨牙。只上过三年学的母亲,迷信"女孩子磨牙是恨爹娘不死"。凌晨,脸颊一阵疼痛,睁开睡眼,母亲的手指正从我腮边移开。那样的瞬间,母亲手指上哪有风景可言?

那时,母亲还不到三十,双手已很粗糙。她的双手,白天攥着农具的木柄干生产队里的农活,晚上穿针引线给我们缝补老气的衣裳鞋子,更少不得在锅灶前烧柴做饭,准备简单重复、缺少营养的每日三餐。她的手掌布满茧子,手指擦破点皮、扎根刺、被针刺伤,是常有的事。年轻的母亲没有饰品,装饰她手指的,除了做针线活时戴的顶针,就是常常挂着的小伤了。

发现母亲手指上别有洞天,是我即将上小学时。生产队的田分到各户,母亲做农活之余,在家做起泥公鸡。她用手指将和好的胶泥揉捏一会儿,按压进两块模子里,把两块模子扣紧,再轻轻打开,一个润湿的泥公鸡就脱模而出。我家老房子的水泥地上,常整齐地晾着几排泥土本色的公鸡。待公鸡干透,母亲调好颜料,左手托着公鸡,右手执笔蘸着颜料,十指配合,娴熟上色。上色几遍后,几排公鸡就色彩亮丽、栩栩如生了。集日里母亲背着漂亮的泥公鸡到镇上去卖,过年时给我们买回漂亮的衣裳鞋子。家里的责任田年年丰收,麦秋时,母亲挥汗之余小憩,用麦秸编几个戒指,戴在手指上,竟也添了一番风韵。

　　后来,母亲又裹过拉炮儿,开过小卖部,做过各种样式的书包。她粗糙而灵巧的十指飞动间,光阴流转,小家素日的幸福图景渐渐活色生香。是什么时候起,母亲的手指开始翻查我用过的字典,翻动我读过的旧书,捏着铅笔写回忆录。我工作之余回家,五十多岁的母亲捧给我一沓写满字的练习本,要我给她打印成书。我在电脑上将她近十万字的回忆录打印出来,装订成一本厚厚的书。书中文字虽然稚拙,却生动真实地记录了母亲生命中的许多细节,再现了她靠着勤劳一路走来的平凡经历,表达了她苦尽甘来的丰实欣喜。她惭愧地回忆:"因为没文化,不知女儿肚子里有蛔虫,竟相信了迷信说法,从睡梦中把她拧醒,真对不起孩子!""女婿带我去旅游,在饭店里让我点菜,看看菜谱,好多字不认识。我决心认字读书,并向爱写作的女儿学习,写一本回忆录。""苔花如米小,也学牡丹开。"母亲的这朵"苔花",是她心间指尖开出的迷人花朵。

　　母亲当年独自劳作的书包作坊，如今已发展成有几十个工人的箱包厂，由弟弟夫妇经营。父母的家越来越宽敞漂亮，家中的电器不断更新。自从弟弟把崭新的电脑搬回父母的新居，操劳家务之余，和父亲抢键盘、向侄子学打字上网，便成了母亲的新任务。从我记事起，母亲三十几年勤奋不息，如今已六十几岁，手掌的茧子反而消失了。农业机械化、生活现代化的步伐越来越快，母亲的手指上不再有小伤。她手指上的麦秸戒指早变成黄金戒指、白银戒指、玉石戒指，掌上的手机也换了几部。母亲用手指触屏编辑短信的速度，并不逊色于读书多年的我，编辑的短信内容也极少出现错别字。前几日，我的手机微信上多了新联系人，一看，竟是母亲！母亲的指尖，又将有一片动人的风景。

　　三十几年光阴，勤劳的母亲手指上风景变幻，演绎着乡村小家从物质到精神的脱贫史，也折射出大国城乡的沧桑巨变。

顾家暖男

登录 QQ，想与女友闲聊几句，鼠标在好友列表中上下移动几次，又在搜索栏键入女友昵称，终不见踪迹。女友才华非凡，我也自诩优秀，自觉与她志趣相投，格外珍惜网海相识的情缘，却终不能与优秀为伍，被她删出好友之列。我鼻子一酸，瞬间成了泪人。

他端来一杯温水，递到我嘴边，"这大珠小珠落键盘的，谁惹我家大才女啦？"

得知缘由，他并不同情，"人家可能好友多，你只是普通的一个，也说不定是误删，还会把你找回。总之没必要伤心。"

"多喝点水，掉那么多眼泪，丢失的水分得补回来。"他翻翻白眼，做个鬼脸，滑稽得像个孩子。几口温润的开水喝下，细想想，素未谋面的女友，本就各自天涯，即使失去，日子也不会缺棱少角吧！倒是他，虽凡俗，却疏离不得。见他笑容饱满，我的脸也重现灿烂。

"我保证，一辈子也不删除你！QQ 里，生活中，心尖上，你永远排第一……"身边这个中年男人，像初入围城时信誓旦旦起来。

我是教师，他是工人；我喜欢诗情画意，他爱休闲美食；我多愁善感，他生性乐天。本来风马牛不相及的两个人，被媒人撮合到一起。恋爱时的心理，暂且看他表现。冬夜，各骑一辆自行车去看电影，散场出来，他先寻到我的车，用手套在车座上抹了又抹，又用手掌在车座上摩擦几下。被他抹去灰尘、寒凉的车座，坐上去格外温暖。随他回家，他跑到厨房炒一锅花生。笨手笨脚的他端上来的花生火候正好，清香正好。再高傲的心，也敌不过细细密密的暖。初嫁他，也有过幽怨，有句子为证："被揉碎的花瓣，要怎样雕琢，才能成为生命枝头，曾经粲然的一朵？"他看见，工工整整和一句："花瓣，未被揉碎；灿烂，与日增辉。"今天回想，那是他决心用一生兑现的誓言。

最初，住他单位的公房，离我单位远。教师的工作，须早出晚归。他上班晚，下班早，便当起护花使者，每天骑车载我上班，下班再到学校门口接我。冬日偶逢大雪，他怕自行车不安全，借一辆三轮车接送我，直到路上雪化。

女儿小时，白天工作累，夜里睡不好，我的身体亮起红灯。他带我跑遍小城的医院，又一次次带我去北京挂最好的专家号，跑前跑后陪伴左右，没有半句怨言。我的生命恢复勃勃生机，更加明媚灿烂。

女儿大些，我骨子里休眠几年的文艺细胞蠢蠢欲动。工作之余，他成了孩子最好的玩伴，给我留出尽量多的读书作文时间。最初发表文章，很在意样报样刊，有时编辑无暇邮寄，他便到处淘宝，出差时也习惯跑报亭逛书城，常常带回意外之喜。女儿读重点大学经济学专业期间，我发表的文字已逾百万。人到中年，他体态臃肿了些，却依然胸无大志。那时一家人谈理想，他豪情满脸，"女儿做经济学家，老婆做文学家，我做你们的专业厨师，当个营养学家吧！"女儿的笑容比我还灿烂，拍拍老爸的肚子，"爸，你那么胖，做个别的家，兴许能瘦点！"

我出差，刚坐上车，便收到短信，"……已为您成功充值66.66元。"六六大顺，心中一暖。外面的世界再精彩，也觉左手离了右手，空落落的感觉时时有，不如家里踏实温暖。踏实温暖的其实是家里那男人，他工作上努力打拼的同时，也甘做顾家暖男，给我敞亮的房子，给我锦衣华食，还我健康，圆我梦想，在平淡岁月中兑现让我一生灿烂的誓言。

虚惊几场又何妨

清晨睡得正酣，忽听手机铃响，爱人从单位打来电话："你赶紧过去看看，家里座机没人接，咱爸电话也打不通！"我瞬时清醒，慌忙穿上衣服准备出门，转念一想，前一天黄昏在门口见到老爸还好好的呢，应该没事的。

我走向卫生间，打算洗把脸再出门，又是一阵急促的手机铃响，嫂子说："你哥半夜发微信，咱爸在微信朋友圈发消息说脚中风了。我一晚上提心吊胆，早晨打电话没人接，刚去医院也没找到老两口……"我顿时心惊肉跳，顾不上洗脸就往门外跑。

嫂子电话中的"老两口"，都已年至耄耋，是我和她的公婆。子女三个，大哥常年在远方工作，大姐的家也在百十里外。嫂子虽退休在家，和我们同城，住处却隔得远。爱人和我，与老两口同住一个小区一栋楼，我们住二单元，老两口住四单元。近水楼台，照顾老人责无旁贷。我们工作都忙，能为老两口做的，只是平日买点儿早餐；周末做些饭菜，带他们出去转转；生病住院时陪床探看；偶尔费费心思，帮着解决生活中的麻烦。夜晚走在楼下，仰起脸看着老两口的窗口，灯光亮着，便觉心安。

节假日外出游玩几天，对我和爱人来说是件极奢侈的事。这天中午，按计划，我们俩要去杭州。女儿在杭州学习，一家三口希望劳动节在杭州相聚几日。做出这个打算，犹豫了好久，爱人给大姐电话，大姐欣然支持，让我们放心前去，说四月三十日准时回来陪老两口，给老妈过生日。

老妈过生日，年年尽孝心。既打算出门，就提前买礼物。周日上午去商场，给老妈买了薄毛衫、棉秋衣、雪纺衬衫和两条面料柔软的裤子，又在专卖店给老两口各买一双舒服的老北京布鞋，大袋小袋地开车拉回家。我看他们一件一件试过，肥瘦、长短、大小不合适的，下午又开车出去换。待衣服鞋子都换回去，两个房间的地板上摆满了老两口的鞋子。客厅进门处长长一行旧鞋，北屋卧室十来双新鞋，棉鞋、单鞋、凉鞋、拖鞋样样俱全。腿脚不便的老妈侧歪着身子站在满地新鞋间，絮絮叨叨地埋怨着："这些新鞋都是你买来的，下辈子都够穿了。以后可不要再买了……"

前一天黄昏，老爸特意在门口等我。他骑着三轮车去了专卖店，将我买给他和老妈的两双新鞋，换成我和爱人的两双新鞋。

才隔了十多个小时，怎么会……在楼下摁门铃，响了一会儿没人应。爱人去单位值班，老两口家的钥匙被他拿走了。我的心提到嗓子眼，心里默念着："去不了杭州没关系，老两口平安无事就好！"

我回过头，老爸骑三轮车载着老妈，慢慢悠悠地晃动在门前绿荫下。我快步上前，扶住老爸，"您脚中风了，怎么不和我说呀！"老妈笑着打岔："我们俩去门口药店测血糖了。"到了楼上，老两口坐在沙发上，我问老爸是不是发了中风的微信。耳朵不灵的老爸听了半天，仍一头雾水，"什么微信，我不懂啊……"是啊，八十八岁的老爸接打手机都费劲，哪里懂什么微信？或许远方的大哥牵挂太深，看串了微信，一夜担心，才让嫂子、爱人和我跟着虚惊一场。

我给嫂子打去电话，让她赶紧给大哥报个平安。不一会儿嫂子就赶过来，忙着给老两口包饺子。爱人也提前从单位赶回家里。老爸吃完早饭，笑得欣喜。我又郑重把老两口托付给嫂子，才赶忙回家洗漱，收拾东西。

记得刚结婚时，听中年的同事交谈，晚上最怕电话铃响，因为牵挂着双方父母，骤然响起的电话铃常闹得虚惊一场。那时不知同事的虚惊是何滋味，如今也至中年，双方父母也都到了需要牵挂的年纪。一场场虚惊下来，才明白，这样的虚惊过后，迎来的是多么幸福踏实的滋味。老爸老妈尚在，平安静好，可以尽孝，可以牵挂，可以继续做父母关切的孩子，虚惊几场又何妨？

但行善事,莫问前程

参加一个会议,与会者既有八旬以上的革命前辈,也有教育战线离任不久的退休领导。初入会场,一位认识我的长者热情介绍:"这是秦浦的外孙女儿……"我被众人的目光包围,感觉如惠风拂面,春阳暖身。

在故乡,母亲和邻居去外村办事,邻居路遇旧相识,寒暄几句便指指母亲,"你不认识她吧?我们村老秦,就是秦浦,你肯定认识吧,她是老秦的闺女……"邻居和旧相识滔滔不绝忆起老秦。听着母亲在电话里述说,我心中漾起一片温情柔意。

秦浦,老秦,是我远去天堂的姥爷。他虽已离开尘世,却仍以这样的方式陪伴我们。在姥爷出生、成长、离休后生活的故乡,在姥爷工作过的城市和村庄,还经常听到他的名字,听到与他有关的旧事。

姥爷与国民党进行过地下斗争,当过校长,做过秘书,大半生四处奔波,不得消停。工作几十年,跟随他时间最长的是一辆二八自行车,无论几十里还是上百里的路程,都是自行车载着他前行。每次回家,他都怕怠慢了乡亲们,到村口便不肯再骑行,而是双手推车,慢慢往家走,遇到村里的男女老少,随时客客气气打招呼。村口离姥爷的家还有一段距离,他的腿走路多一点儿,就疼得厉害。村外发大水那年,村边大堤漏水,他带人去堵,因为在水中站得太久,落下了腿疼的毛病。论知书达礼,姥爷在村里首屈一指。

姥爷以谦恭守礼修己身,也把知书达礼、恭谨为人作为家风教育的重要内容。他的言传身教潜移默化影响了子女、孙辈、重孙辈。

姥爷是独子,八岁时没了父亲。悉心培养他成才、守寡大半生的太姥姥善良慈爱,上孝公婆,下爱晚辈。从姥爷到我女儿四代人,都享受过她的温情呵护。姥爷把太姥姥孝老护小的美德发扬光大。他对太姥姥恭敬孝顺有加。缺衣少食、物资匮乏的年代,他远赴外地办公事,买了两个苹果几根香蕉,隔几天带回家给太姥姥吃,苹果还好好的,香蕉皮已经开始变黑。那时,姥爷还从不知香蕉是什么滋味。太姥姥九十来岁时卧病在床,年近七十的姥爷每天给太姥姥端屎倒尿。姥爷婚后开枝散叶,养育六女一儿,孙辈重孙辈成群。他对儿孙辈从未疾言厉色,总是面容和蔼,温声暖语。我母亲排行老二,在姐弟中第一个结婚。姥爷大冬天骑自行车到几百里外的北京，为我母亲买回大红缎子被面和崭新的镜子、脸盆和牙缸，回来时耳朵都冻了。三姨婚后困难过一阵子，姥爷在自行车后座上驮着一大袋子面，骑行几十里到三姨家。我幼年时久咳难愈，他工作再忙也不忘按时买药回来。至今，我仍然记得姥爷把药递给我时那慈怜的眼神。孝老护小，姥爷成为我们几辈人的典范。

姥爷毛笔字写得好，离休回乡后，购置了一红一黄两个实木大书桌。平日闲暇，给亲友们写条幅横幅；春节前，给乡邻们写对联写福字。谁家办喜事丧事，他便让年轻人抬了大书桌，自己带上笔墨纸砚一同前去。喜事抬红色的书桌，增添喜庆；丧事抬黄色的书桌，以示对逝者的尊重。书桌变账桌，姥爷在账单上记下的第一份礼一定是自己的。离休后为乡亲们帮忙十七年，光是买笔墨纸砚、装裱横幅条幅，姥爷就不知搭进多少钱。姥爷离世时，村里来帮忙的人和我们一样伤心。姥爷深情写下的挽联，送走了村里很多老人；他走时，村里有文化的老人含泪提笔，觉得再深情的挽联也表达不尽乡亲们的感激和怀念。

写字之外，姥爷还承包了家门内外打扫卫生的琐事。无论冬夏，姥爷家院门外大路小路都干干净净，难见一点儿垃圾。腊月大雪后，七十多岁的姥爷弯着高高胖胖的身子，一双大手缓慢地舞着扫帚，移动在村中通往长堤的路上，清理厚厚的积雪。萧瑟秋风中，姥爷买馒头回家，见一位衣衫破旧的老人在坑里拾柴。村里人多已用液化气做饭，烧柴的已很少见。姥爷颤巍巍走下坑去，把热乎乎的馒头递到老人手里。姥爷离休回乡，没少积德行善。

每每听人念起姥爷的名字和生前细节，一幕幕温暖的镜头便浮现在脑海：儒雅随和的姥爷、孝老护小的姥爷、宽厚仁慈的姥爷。我仿佛又和亲人们围坐在他身边，沐浴着他慈和微笑的阳光，听他慢条斯理地训诲："勤读书、行孝道、学谦恭、循礼义。""施惠无念，受恩莫忘。"

"雁过留声，人过留名；但行善事，莫问前程。"这是姥爷常挂在嘴边的一句家教箴言。在姥爷生前身后，听人们重复着他的美名，回想着他的言传身教，默念他给我们写下的"数风流人物，还看今朝"的词句，我们这些晚辈继续沿着姥爷的足迹走向温暖光明的前程。

"忠厚传家远，诗书继世长。"这是姥爷最喜欢的句子，也是他对我们进行家风教育的核心思想，我们都牢记心间。大姨、三姨和我都选择了姥爷从事多年的教育工作，恪尽职守，力争翘楚。读书读报，是姥爷所有晚辈共同的爱好。姥爷离去后，书房如故。那一室书香，生着美丽的翅膀，早已飞向四面八方，陪伴着晚辈们学习、工作、生活。我作为姥爷的外孙女，多年来对教育工作不敢懈怠，勤读爱写，就源于姥爷的教诲和示范。和我同辈的兄弟姐妹大多本科毕业，我的女儿、姨姐的女儿也都以高出一本线几十分的成绩读了重点大学。

每一个晚辈身上，都流淌着姥爷忠厚的血液。姥爷的孝德善行，儿女孙辈都看在眼里，记在心底，继承在行动上。为了姥爷、姥姥晚年生活就医方便，舅舅、舅妈在我们住的小城高碑店为他们买了舒适的房子。舅舅夫妇在老家辛苦办厂，白天在外奔忙，常常忙到深夜，即使再晚，也坚持每天从几十公里外回到姥爷、姥姥身边。五姨退休后，每日照顾姥爷、姥姥的饮食起居，细致入微。几位姨妈每周末从四面八方聚到姥姥家，听姥爷讲那过去的故事，陪二老一起吃饭，给二老洗脚剪指甲。几位姨妈中，五姨、六姨相对年轻，姥爷去世后，她们俩包揽了给姥姥洗脚剪指甲的"特权"。我弟弟的小女儿看在眼里，回家后模仿姨奶奶的样子，给奶奶洗脚洗袜子。

舅舅在故乡办厂，是小有名气的企业家，虽然早已搬离村子，却从不忘乡亲们。他和村里出来的另外几位企业家一起，捐资给村里安上了路灯，给乡亲们夜晚出行带来了光明和便利。舅舅生在腊月，出生时姥姥奶水不足。村北一位热心的妇人也刚生了儿子，奶水充足，就冒着大雪去给舅舅喂奶。舅舅刚记事就听姥爷、姥姥常念叨此事，嘱咐他要有感恩之心。舅舅成家后经常和舅妈去看望那老妇人，吃的、穿的、用的、花的，大包小包地送她，待她像待自己的母亲。

几位姨妈也都修得一颗佛心，每年都和舅舅、舅妈一起到偏僻贫困的山村，捐款捐物，奉献爱心。大姨家的弟弟为山里百姓送去几十床崭新的被子，三姨家的弟妹资助过几个贫困少年，五姨家的小妹组织亲人们捐资救助残疾孩子……这些温暖的细节成为大家庭聚会时的美谈。

"雁过留声，人过留名；但行善事，莫问前程。"姥爷的教诲已成为我们这个大家庭的家训,几辈人铭记在心。我们会将姥爷言传身教的好家风,用力所能及的行动代代传承。

接受爱也是一种回报

1

晓禾才三岁,父母就去远方的城市打工,她与体弱多病、不爱谈笑的奶奶留在村里相依为命。留守的生活,寂寞少滋味儿。

妈妈在城里变了心,跟别的男人跑了。爸爸从城里回来,又和村里一个阿姨结了婚,生下一个弟弟、一个妹妹。虽然摘下留守儿童的帽子,淡眉细眼、又黑又瘦的晓禾,生活却更加寂寞少滋味。

晓禾的节日是姑父、姑妈来做客的时候。姑父高大帅气,慈祥的脸上总挂着阳光。抱起晓禾,他的眼睛露出喜悦的光彩。姑父给她讲故事，问她智力题，只有这时，晓禾的话匣子方会快乐地打开，说个不停笑个没完。"这孩子真聪明，长大肯定有出息！"姑父常这样夸她。

姑父、姑妈住在几里外的小镇上。每逢小镇庙会，姑父会接晓禾去看节目玩玩具，买糖果买新衣。姑父让她骑在脖子上，她像是童话故事里的小公主。

晓禾到了上学的年龄，姑父又来接她，说要带她到小镇上学。奶奶说，从此要改口称呼姑父、姑妈为爸妈。尽管姑父一直疼她，她还是哭闹着揪住奶奶的衣服，说什么也不肯出家门。

那时候，姑父、姑妈都在小镇教书，结婚十年却没孩子，因为姑妈不能生育。奶奶见他们喜欢晓禾，便和晓禾的爸爸、继母商量，想趁入学的机会把晓禾送给他们。村里人都说，养儿防老。原来姑父、姑妈的喜爱，是为带走自己将来给他们养老啊，小小的晓禾心里有些不平。

姑父、姑妈再来，已在村里上小学的晓禾就逃也似的躲出去。每学期开学前，姑父都送来一大摞本子，还有笔、橡皮等文具。

2

晓禾真的很聪明，成绩一直在班里遥遥领先。

小学毕业了。中学在小镇上，离村子七八里。姑父、姑妈就住在中学校园里，姑父再次来接她，奶奶坚决要她住进姑父、姑妈家里。这一次她没有哭闹,一本正经地提出:"我绝不叫他们爸妈。"

住进中学的家属房,晓禾成了小公主。

每天清晨,姑父都早早起床做好饭,还给晓禾梳头。姑父教美术,画一手漂亮的国画,周末闲暇,就教晓禾画画。放长假时,夫妻俩带晓禾外出旅游。蓝天碧水间,姑父说,世界很大很精彩,有出息的孩子要靠少时的努力给自己的未来撑起一片亮丽的天空。

黑瘦的晓禾长高长胖了,脸色变得白嫩红润,她梦想着长大后在亮丽天空中飞翔的情景。她用不懈的努力见证着姑父的预言,品学兼优,笔下的国画栩栩如生,成为校园里的佼佼者。奶奶和爸爸几次嘱咐:"姑父、姑妈待你这样好,指望你将来能给他们养老,可不能丢掉良心。"听到这些话,晓禾感到十分难堪。

小公主升入初二,姑父要到省城的师大美术系脱产进修两年。他每周日下午坐车离开,每周五深夜赶回来。

姑父快毕业时,晓禾隐隐觉出姑妈家不再有往日的温馨快乐。终于有个周末,姑妈对着姑父大喊大叫,原来师大校园里一个漂亮女孩儿疯狂地爱上才华出众的姑父,姑父没能抵住诱惑。姑妈哭闹着要离婚,姑父泪落不止。奶奶、爸爸、继母和亲戚们都没能劝和他们。

周一早晨,天下着雨,姑父、姑妈各自打伞走出家门,姑妈的包里装着签好字的离婚协议书。晓禾孤零零地站在屋内愣了一瞬,突然冲出门去。

晓禾在门外追上姑父、姑妈，跪在泥泞的路上，雨水泪水冲刷着面颊。她哽咽着说："爸，妈，你们既然要我做女儿，就得给我个幸福安定的家。你们要想离婚，也等我长大好吗？"

姑父心疼地把伞撑到她头上，沉默一会儿，拉着她转身往回走，姑妈也跟着回了家。

3

姑父回来的第三天下午，晓禾和同学们在老师的带领下坐车到八十里外的县城准备参加中考，住进招待所已是晚上八点多。整理考试用具时，晓禾发现准考证忘在了姑妈家，急得大哭起来。

不多久，一个熟悉的声音在门外响起，有人喊她的名字。她开了门，姑父气喘吁吁地递过她的准考证。

三年来，姑妈每晚都要到晓禾的房间看她几次，给她铺床倒水讲难题。晓禾走后，姑妈习惯性地到她屋里，一眼就看到书桌上的准考证。那时已没有到市里的班车，姑父拿起准考证租了一辆面包车赶到县城。

姑父的背影消失在楼道拐角处，晓禾的心里涌起一股无形的力量。

晓禾以优异的成绩考入县重点高中。姑妈说住宿太艰苦，吃不好睡不好。于是，姑父到处求人，夫妻俩调到县城一所中学。因为姑父和姑妈的照顾、鼓励、指点，三年后，晓禾顺利考取北京一所重点大学。

入学前,姑妈为她准备好一切。姑父送她到学校,把她安顿好,一个人出去了很久,买回很多晓禾爱吃的东西。姑父把这些大袋小袋的东西放到晓禾柜子里,又掏出一沓钱。晓禾说:"姑妈给得不少啦。"姑父硬塞到她手里,笑着叮咛:"千万别省钱,缺钱时就打个电话。"晓禾送姑父出校门,他最后嘱咐几句,一步三回头地离开。

初秋的阳光下,她第一次清晰地发现,姑父穿的竟是几年前的旧衣服,他一向柔顺的黑发此刻有些凌乱,发间夹了几根银丝。

大学期间,姑父经常去学校看晓禾。有次姑父来,满脸憔悴,晓禾问缘由,姑父说太想她啦。放假回家才知道,姑妈做了胆囊摘除手术,住院近一个月,姑父又要伺候姑妈又要坚持上班。姑妈说,他怕扣绩效工资。那个假期她也才知道,姑妈患慢性胆囊炎已有多年,为了省钱从没到医院看过,每每夜间疼痛难忍总是让姑父给她揉揉,吃点消炎止痛药了事。病情发展到最后,姑妈的疼痛再也止不住,到医院拍片,发现胆囊已经坏死,只得做手术摘除。

同学说:"你爸爸真好。"晓禾开始笑着点头,什么也不说,接着泪就淌了出来。她想起和姑父生活那么多年,只在那个夏日的雨中叫过他一声"爸爸"。

4

晓禾毕业后放弃了在首都的亮丽天空翱翔的机会，回到姑父、姑妈身边，工作，恋爱，结婚。

晓禾生女儿时难产，从不信佛的姑父、姑妈跪在菩萨像前不停地磕头，祈求晓禾和孩子平安。晓禾的女儿刚出生时，公婆还在上班，退休的姑父、姑妈尽心照看。每次回姑妈家，常常在晓禾和姑妈聊天时，姑父就把她的自行车冲洗干净，打足气，把车修理得特别好。

国庆时，晓禾夫妇带孩子去北京玩，早晨五点多到车站，姑父已推着自行车等在那里。水、零食、雨伞、应急药……姑父把一大袋东西递到她手里，又掏出一沓钱，那是换好的三百元零钱。姑父说，出门坐车买东西，零钱花着方便。

一天下班回家，姑父正和女儿亲热地说着什么。他是来送饺子的，晓禾和女儿都爱吃饺子。为了让她们晚饭吃上饺子，姑父、姑妈忙了一下午。姑父临走前一再嘱咐晓禾要趁热吃，说饺子放在纸箱里，保温好着呢。姑父离开后，晓禾却怎么也找不到饺子。原来，姑父忘记把饺子拿进来，就骑着三轮车，带着完成任务的满足离开了。

类似的事经历过几次，晓禾感觉到姑父、姑妈越来越老了。想到公婆还年轻，晓禾和爱人商量好把姑父、姑妈接到家一起住。她好不容易说服姑妈，姑父却说："只要我们能动，就决不拖累你们。"

姑父拿出一幅工笔画，阳光下，两棵茂盛的大树上结满沉甸甸的果子，果树正伸出手把果子递到树下的孩子手里。姑父指着画说："每个人都会长成茂盛的树，结出爱的果实。每对夫妇都希望有自己的孩子，好把爱的果实送出去。我和你姑妈的生命本不完美，你的到来让我们不再有缺憾。我们因爱的果实完好无损地送出去而幸福快乐。"

晓禾回忆着和姑父、姑妈在一起的幸福时光，潮湿的心突然明白，接受他们的爱也是一种回报，而自己，就是享受着姑父、姑妈的爱慢慢长大的一枚最幸福的果实。

你的"百宝箱",我的幸福天堂

梦中的花和蝴蝶

他懒懒地仰卧在床上,一双枯皱的大手护在胸前,闭着眼打瞌睡。

奶奶说:"你爷爷最近总做噩梦,在战场上被别人追……"

做噩梦的事,他对她只字不提。他一遍遍对她讲述的梦,是关于花和蝴蝶的,与她有关,带着童话般的浪漫气息。

爸妈结婚后,他就盼星星盼月亮地想抱孙子。听到她妈妈怀孕的好消息,他开始绞尽脑汁给未曾谋面的她起名,龙啊虎啊胜啊,全是男孩儿名。她出生前一天,他却梦到鲜花开满院子,一只漂亮的大蝴蝶扑腾着翅膀向他飞来。清晨,他检阅队伍般摩挲着提前准备的那些男孩儿衣服和刀枪棍棒类玩具,冲奶奶叨咕:"看来咱是孙女命。"

奶奶说:"你爷爷大半辈子重男轻女,生你前一直是个孙子迷。"她一遍遍听那个花与蝴蝶的梦,却听不出半点儿遗憾,他微笑的皱纹和愉快的腔调,传递给她的是骄傲和喜欢。讲到最后他总会补充一句:"你这棵苗苗,从小就出人意料。"

苗苗。在产房,他抱着瘦得出奇的孙女,看着她小豆芽似的身子,顺口给她起了这个没有创意的名字。她懂事后,因为名字的事嘟着小嘴嗔怪他,他把一根剥好的香肠递到她嘴边,亲一口她胖乎乎的脸蛋解释:"爷爷是老革命,根正苗红,也希望你像小树苗一样,长得壮壮的。"

她出生后,爸妈忙于事业,奶奶一条腿瘸得厉害,照看她的重担自然落到他肩上。

旧木箱里的心肝宝贝

他常常走到卧室的旧木箱前,开了锁,把她的相册拿出来,再放进去。他戴着老花镜,笑眯眯地看她的照片,从几天几月几岁再到十几岁二十岁,相册越来越多,她坐在他身边,看着照片听他解说。

有一张照片,背景是雄伟庄严的天安门城楼。他蹲在广场上,她搂着他的脖子坐在他腿上。他笑得疲惫,她笑得开心。这张照片的来历有些小小的传奇。

七岁那年初秋,她上了小学,老师指着挂图上的漂亮建筑领同学们读:"我爱北京天安门。"回家后她吵着要去天安门。爸妈工作忙,他欣然要带她去。妈妈不放心地阻拦:"爸,您年纪大了,走路不方便,孩子又小,跑来跑去让人费心。"他听出了妈妈的意思,是怕他把孩子弄丢。他犹豫了,她却不肯罢休。他请求似的向妈妈保证:"我这辈子,战争年代跑遍了大半个中国,连朝鲜都去过,去北京还不是小意思?多带孩子出去看看也增加阅历。"他真的带她坐火车去北京看了天安门,还在天安门广场花钱请人拍了合影。

　　已经七十多岁的他一路步履蹒跚,粗糙的大手紧紧拉着她的小手,一刻也不肯松开。夕阳下,在妈妈焦灼的目光中,他拉着欢蹦乱跳的她胜利归来,然而那张合影照片却迟迟没有等来。直到两个月后,他骑着三轮车带她上街买菜,被一个陌生人认出,这张照片才辗转到他手上。原来,他写地址时把门牌号"35"写成"53"。看着久违的照片,他终于承认,自己有些糊涂了。

　　有些糊涂的爷爷,却能清楚讲出她每张照片背后的故事,颐和园、动物园、海底世界、科技馆……小城离北京近,他带她去过北京许多她想去的地方,为她留下难忘的纪念。那些出游经历和他现身说法的人生阅历一起,成为她作文时取之不竭的素材。

　　奶奶说:"你爷爷这个破木头箱子,是他的心肝宝贝儿。原来里面只有他的东西,我和你爸都不敢随便动。"

　　他是个老兵,参加过解放战争和抗美援朝战争,箱子里是一大堆奖章和纪念物，中国的、朝鲜的，不再鲜亮的红黄蓝绿，是他光辉生涯的见证。他只允许她随便翻弄。

上初中时，学习《谁是最可爱的人》，她为了向老师同学炫耀，回家让他翻出那些宝贝要拿到学校去。他眉头也没皱一下，把那些抗美援朝的奖章小心翼翼地挑出来，挂在一块崭新的红布上。那块红布上的奖章在学校传阅了好几天，让全校师生开了眼。有一枚奖章被同学弄断了别针，她怕爷爷埋怨，回家先抹上眼泪。他一边抬起布满皱纹的大手擦她的脸，一边不停地安慰她，倒好像他自己做错了事。

奶奶说，从她出生后，他旧木箱里珍藏的，又多了相册、玩具、课本和奖状等许多她的东西。

旧房子里到处有她的影子。

她和爸妈要搬新家，爷爷执意不肯同去，"我们还能动，先不拖累你们，再说苗苗上高中需要安静的环境，我们跟去怕影响她学习。"爷爷拍着她的肩膀嘱咐："好好学，长出息，得了奖还给爷爷拿回来。"

住进新家的第一天晚上，她翻来覆去睡不着。她已经习惯于每天晚上他一次次走进她的小屋，给她端温水、送牛奶，催她入睡，帮她掖被子、关台灯。他努力放轻步子，却还是发出嚓嚓的声音，那声音是她的催眠曲。

爸爸说："爷爷、奶奶中午晚上也可以看电视了。"从她上小学开始，爷爷就向全家发布了命令，在她学习和休息的时间，谁也不许开电视。

住惯了新房，再回爷爷家，他的旧房子就显得有些寒酸。

爸妈过意不去,想把爷爷的房子装修一下。爷爷连连摆手,"人老了,装修房子有什么用,有钱还是给孩子留着上大学吧。再说,破家值万贯,这房子虽旧,却到处有苗苗留下的影子,我看着心里痛快。"

环视他的旧房子,她才明白,她只是人搬了出去,她成长的点点滴滴全留存在爷爷这里。发黄的墙上面是她的脏手印和涂鸦的字画,上面贴着或旧或新的花花绿绿,有她不同年龄的放大照,有她喜欢的动画图片,还有她的奖状和她稚拙的十字绣;门框上,是一道道渐渐长高的刻痕——每年生日,爷爷都要让她倚在门框上,用刀子刻下她的身高。面积本就不大的房子,客厅卧室甚至厨房厕所都堆着与她有关的东西:她幼时的摇床和褟褓、她骑过的小车子、她穿小的衣服鞋子、她读破的书本、她叠的纸鹤、她送爷爷的小礼物……就连旧房子院里的兔笼鸡舍,也都与她有关。这许许多多东西,都被他收拾得整整齐齐、干干净净。

记忆悠悠穿过岁月

她把重点大学的录取通知拿给他看,他摘下老花镜时,已是老泪纵横。一颗颗泪珠,从他混浊的眼里溢出,顺着他沟沟壑壑的面颊流下。她慌忙拿了毛巾给他拭泪,他激动地重复着:"爷爷高兴,爷爷高兴……"

奶奶说:"你爷爷刚强了一辈子,再苦再难的日子都挺过来了,只看到他为孙女流过三次泪。"

第一次，是在她一周岁多的时候，他上厕所的工夫，她打开了奶奶新买的降压药瓶。他回到屋里抢过她手里的瓶子，把药倒出来一片片地数了几次，一百片药，少了两片。他用花眼在地上看了半天，确定她误吃了降压药，马上骑三轮车带她到医院洗胃。在她的号哭声中，他泪落不止。多少年过去，提起此事他还不停地自责。

第二次是在他生日时，她用自己攒的零花钱给他买了根拐棍。她说："爷爷，我不在的日子，您就拄着拐棍出门，就当领着孙女。"曾经，爷爷领她出门时，常常骄傲地对老伙伴们说，孙女就是爷爷的拐棍。他抚摸着那个拐棍，眼里含着泪夸，孙女知道疼爷爷了。

放假回家，她去看他和奶奶。他正在院子里，悠悠地骑着那辆旧三轮。三轮车的后面是个绿色的篷子，里面是帆布，外面是质量最好的塑料，结结实实，十几年过去了，依然风雨不透。曾经，她坐在这个篷子里，在从家到幼儿园再到小学的路上，透过精致的小窗，看小城街道上川流不息的人群和车辆，吃着爷爷买的糖果点心，享受温暖平安的甜美时光。而爷爷，烈日下，风雨里，像棵移动的老树，护着那顶小小的篷，护着小树苗，悠悠地穿过岁月。她长大了，他依然舍不得拆掉这个绿篷，他一定在怀念载她穿过大街小巷的那些岁岁年年。

奶奶说，他总是唠唠叨叨地回忆关于她的那些陈年旧事，拿东忘西的他，却数得清与她有关的所有过往。

让他也做个幸福宝贝

大学毕业,她考虑着何去何从。刚离开的那个都市里,有她的大学回忆和美好憧憬。回到这座小城,在他的旧房子里,她依然享受着小公主似的待遇。不同的是,他更老了,头发全白,她说话时要大声重复他才能听清,他说话时总是颠三倒四。

他却忘不了翻动他的旧木箱,木箱子早已被她的东西塞满,他依然会望着旧房子的墙和门框以及她的那些旧物微笑,还是常常念叨着记忆中与她有关的那些时光。

原来,那个旧箱子,这座旧房子,那唠叨不完的记忆,全是他的百宝箱。从小小的木箱到辽阔无边的记忆,越来越大的百宝箱里,盈满他对她的爱和天伦之乐。他的爱,纵横于她走过的时空中,涉及她成长的方方面面。在他的爱与乐中,那棵瘦弱的小苗幸福地长成茁壮的小树。

他突然叫喊起来,身子却动弹不得。奶奶说:"你爷爷又被噩梦魇住了,他最近总梦到战争年代那些骇人的情景,死去的战友、敌人和他纠缠不清。"奶奶的话重如千钧,压疼了她的心。

爷爷醒来,看着她唠叨:"爷爷又梦到花和蝴蝶了。"听着他的谎言,她使劲忍着涌到眼底的泪。

她终于下定决心,毕业后回到他身边,因为他的百宝箱同样藏了她生命中最贵重的珍宝。他已经八十多岁了,如果可能,她想向天祈求,为他再借二十年岁月,把她的拳拳孝心,点点滴滴放进爱的百宝箱里,让他在有生之年也做个幸福的宝贝。

亲亲的原野

一片片返青的麦苗，如一卷卷画轴般铺展开去。淅淅沥沥的小雨渲染着，嫩草一丛一丛探出，荠菜一朵一朵绽出。原野上清新浑然的绿色背景，烘托出被春雨打湿的思念。

河边，睡着慈祥的爷爷。

爷爷的驼背是行走的摇篮，温暖、舒适，可以把我摇到村边的河堤上，摇到堤外的田野里，摇到田野尽头的河边。幼小的我，在他慢慢移动着的摇篮里，或醒，或睡，春芽一般，长叶拔节，安然成长。

我五岁的那年夏天，河水泛滥。水漫过田野，逼近村边的堤岸。我央求爷爷背我去堤上看水。上堤的路，斜坡漫长，陡坡直上，步履蹒跚的他走哪个坡驮我上去都不容易。到了堤上，我根本没注意他是否气喘吁吁，只想马上挣脱他反剪在背后钳着我身子的双手,视野无遮拦地看堤外浩浩的大水。他缓缓地蹲下,放我下来,在这过程中,一双粗糙温热的大手一直紧紧钳着我小小的身子。待我站稳,他先将一只手从我后背移开,攥住我一只小手,才慢慢转过身面对我,站起来。堤外一片汪洋,没了玉米的脖子,水面上露出一丛丛玉米花穗。那天,他的手一直紧紧攥着我的手,第一次把我攥疼了。

长大后,我游白洋淀时不慎落水,被呛得奄奄一息。老船夫恐慌地拉住我的一只脚,那一拉有千钧之力。经过死里逃生的一幕,再回想爷爷在河堤上钳子般攥住我的大手,心中温暖而潮湿。

长堤下,睡着慈爱的太姥姥。

我九岁时,爷爷去世,太姥姥还健在。许多夜晚,我和太姥姥做伴。清早,我在她的柔声呼唤或轻轻抚摸中醒来。七十多岁的她挪移着一双裹过的小脚,有时在炕边的柜子里摸索,有时在厨房的菜橱前停留,待我洗漱完毕,姨妈们孝敬她的糕点或者她前夜备好的饭菜,已安放在小桌上。我对童年早餐最温馨的记忆,就在太姥姥的小屋里。太姥姥留给我的最后一个镜头,是九十来岁的她一步三晃走向我稚嫩的女儿,将手中一块糕点递到我女儿手中。

杨树林里,睡着和善的三姨。

我小时候,在城里做教师的三姨每次回村,都为我带回文具和课外书,鼓励我奋发向上。考学、工作、恋爱、结婚、生女,我人生中每一个重要的关口,都有微笑的三姨关心指点。她玩笑的话语依然清晰地响在耳边:"将来要孝敬的,除了你爸妈,还有三姨啊。"可是,她还不满六十岁,来不及等我孝敬,就进入癌症晚期。

儿时的清明,我独自去田野找浇麦的母亲。路过一片坟地,失魂落魄,一阵狂奔。如今,再逢清明,几位亲人,以河的姿势,以堤岸的姿势,以杨树的姿势,以麦苗的姿势,等我们缅怀、祭奠。这原野,不仅长着哺育我们生存的庄稼,而且睡着呵护我们长大的亲人。轻抚脸颊的清风,是爷爷温暖的大手幻化吧?绿波涌动的麦苗,是太姥姥美味的糕点转世吧?铺满原野的阳光,是三姨在天堂洒下的精神营养吧?这原野,是我们的生存之源,血脉之源,是我们的来处,也将是归处。

亲亲的原野,生机葱茏,我们,也该在纪念的同时,活出蓬勃的朝气,将葱茏的爱传承下去。这是绿色的期待,也是亲人的期待。

第二辑

常相念：爱上烟火遇见暖

置身一日三餐的尘俗烟火，用心演出与人世关联的生活情节，给亲人，给同事，给朋友，甚至给路过我们生命的陌生人，奉上缕缕春风阳光，我们才能成为幸福人生的主角。有一种幸福，是爱上烟火，随时随地，遇见家的温暖。

从容向老

和姐妹们聚餐,畅谈间,坐在我对面的大姐指指我的头,又指指坐在我旁边的大姐,"继颖长了根白头发,给她拔掉吧。"这姐姐的语气,平和安静,不惊不乍,似乎被她呵护了多年的小妹长白发是颇为寻常之事。坐在我旁边的大姐,转脸望我一眼,轻轻一抬手,那白发丝便被她从我的黑发间拈出来。她拈除白发的动作,和对面大姐说话的语气一样轻松自然。

这丝白发的根深扎在我黑发的根丛中已有两三年,再也不肯变黑。任由我自己和别人一次次拔除,白发丝还是会顽强地生长出来。刚入不惑之年的初老感,就是由这丝除不掉的白发生出的。

坐我对面和旁边的两位大姐都已年届五十,黑发间都已驻扎数量不低于年龄的白发。二十多年的友谊，让我得以见证她们年轻时的靓丽风采。目睹她们容颜的改变，仿佛就在短短几瞬间。再回想自己曾经不夹一丝杂色的乌亮长发，不由得内心惶惶，暗自慨叹时光如飞。岁月打马扬鞭，正带我们奔向一个"老"字。长我十来岁的两位大姐，从不染发，照穿素衣，每次相聚都淡定谈笑，安静从容，未露半点儿惧老之色。

自从生了白发，我便开始更多欣赏失了青春华年的从容女子。

小区里一位高高大大的女人，也被我称为大姐。此大姐五十出头，没啥文化，亦无工作。小区里常见她抢眼的身影。她的抢眼，因为她的孝心和快乐。男人和孩子都在外地工作，家中只有她陪伴八十岁的老婆婆。一年四季，每个天气晴朗的日子，都能看见她推着轮椅上的老婆婆在小区院子里晒太阳。阳光明媚，老婆婆银白的发和她花白的发都十分晃眼。她灿烂的笑容里，似乎总藏着草长莺飞的无限生机；花白发间一枚鲜艳的卡子，将她眼角的鱼尾纹点缀得生动明媚。她的腰间总别着一个小小的录音机，总有轻松快乐的旋律，阳光一样在她身前身后翻飞。清晨和夜晚，腰间别着录音机的大姐，如一首欢快的歌曲，在小区广场上曼舞，在植物园的甬路上散步。属于她的日子，平淡无奇，周而复始，可以预见她花白的发终会被无情岁月染成老婆婆头上的银白。然而她举止流露出的快乐从容，却像欢愉的歌声一样，感染着遇见她的每一个人。

网上认识一个女友，与我年纪相仿。女友经历坎坷，做过乡村代课教师，赶乡集卖过图书报刊，如今在某城市一家私立中学教语文。二十几年如影随形的清贫生活，一直没能动摇她的文学梦。在她失业最困难的日子里，她也没停止阅读和写作。如今不再年轻的女友，每日备课、上课、处理作业、辅导学生、照顾一对才上小学的女儿……工作生活的辛苦忙碌，将她坚持多年的梦想打磨成了光彩夺目的珍珠。国内知名的大报名刊，屡屡出现她的名字；她的文集，出版了一本又一本。每每夜深人静才能偷得半刻闲的女友，坐于电脑屏幕前，十指在键盘上自在飞舞，梦想的田园春暖花开。执着逐梦，充实从容，哪有时间在意发间飞白、皱纹暗生？

哪一个女人能避开一个"老"字？人至中年，不免初老，不必伤感，可以淡定安静，可以快乐如歌，可以继续追梦，可以按各自的方式，活成一朵美丽优雅的午后睡莲。生动，从容，夕阳西下，于晚风轻舞中，无怨无悔地收拢、闭合生命的花瓣。

乡间百合香

我所在的城市网络圈,传递着这样一张照片:雨中,密密的人群前,一个白衣卷发的女子俯身搂着一个哭泣的男孩儿,女子的脸紧贴男孩儿的脸,大滴的泪挂在她的下颌、鼻尖、眼底。

镜头里的女子,是我结识不久的女友。娇小玲珑的她,给人的印象是爱美爱笑,照片中泪水横飞的形象,有些出乎人意料。

QQ里见女友上线,我小心翼翼地问询,原来这照片来自距市区几十里外的乡村。镜头中的男孩儿,母亲病逝,父亲因患顽疾失去劳动能力,年迈的爷爷也需要照料,家中负债累累。刚刚小学毕业的他带着才上小学的弟弟担起照顾父亲和爷爷的重担。爱心人士为男孩儿一家募捐,现场就在男孩儿居住的小村。募捐的那天，阴雨绵绵，家住城市边缘的女友得知消息，放下村里的工作和家中的生意，搭车冒雨前往。

捐赠现场，记者问男孩儿想要什么。坚强的男孩儿说了句"我想要妈妈"，便再也克制不住情绪，失声痛哭起来。早已泪水汹涌的女友，搂住那懂事的男孩儿，又是怜，又是爱，心疼得不能自已。

我问女友捐了多少钱，她发来一张腼腆的笑脸，"我不说，能帮多少帮多少呗。"

再点开那张照片细看，白衣衫、泪涟涟的女友，宛如雨中一朵带露的白百合，对陌生男孩儿怒放的怜爱，纯洁温馨，恰似馥郁的百合香。

女友已到四十不惑的年纪，住在城市边缘的村子里，初中毕业便回家务农，用她自己的话说，是个地道的农家女。农家女闲不住，经营起牛仔服装加工生意。热心的她，还负责着一份最让村干部挠头的工作——计划生育。

结识她，是在新浪博客，因为她的文字。她博客里的照片，是个彩衣飘逸的女子，时尚的卷发，俏丽的笑容，透着阳光和自信。那时，她已在全国各地文学刊物发表上百篇小小说，几次获得全国范围的奖项。几次纸条往来，才惊悉，她和我，近在咫尺。

她成了我唯一从网络中走到生活里的好友，对她的了解也日渐增多。女友往上追溯三代，祖辈父辈没出过一个读书人。步入不惑之年，家里有了电脑，她突发奇想做起作家梦。

于是，寂静无人的夜晚，她开始在网络论坛写东西，最初也没想过会在纸媒发表，只是每天坚持。为提高水平，她报了个小小说学习班。人家让交十二篇作业，她只有一篇自己满意的作品，没想到交上去就发表在小小说界知名的文学期刊《百花园》。女友深受鼓舞，信心倍增，工作生活忙碌的间隙，以极高的热情投入创作。不懈努力的结果，是她的作家梦如多彩的百合怒放。一篇篇小小说作品如一朵朵明艳的百合，飘散着对乡村深挚的爱恋，洋溢着真诚朴素的芬芳，绽放于全国各地的文学刊物和各类丛书里。

女友陪儿子逛书市，儿子在一本新书目录里发现妈妈的名字。她从儿子眼睛闪动的光芒里再次受到鼓舞，心中生出更加迷人的希望：除了小小说，她还要写出更多更优秀的短篇小说、中篇小说。

小城里的一家报纸招义务编辑，侠骨豪情的女友挺身而出，风风火火地写稿、采访、编辑、校对，日子因此更加忙碌。每周一期的文学版被她做得风生水起，愈来愈有看头。

百花之中，女友钟爱百合，她最喜欢花苞一开，便倏然怒放，飘散醉人的香。乡间小村，女友家中，常插几枝百合，白的、粉的、紫的……朵朵盛放，染得满屋香。四十不惑的农家女，爱美爱俏的天性，本真的热情与善良，追逐的梦想与希望，全力付出不懈努力的人生，都如怒放的百合，明艳美好，飘溢着馥郁芬芳。

爱上烟火遇见暖

　　黄昏的植物园,一群不知名的鸟在天上飞,密密麻麻,叽叽喳喳。它们的舞蹈和音乐,把早早出现在天空的月亮都遮蔽了。鸟儿们飞向新芽初绽的高树,枝杈间瞬时开出一片活泼跃动的棕色花朵。

　　我一个人坐在欢欣的鸟声里。身边,一树不知名的花在恣意地盛开。春景怡人,可惜我与花鸟们言语不通,坐久了难免生出一丝孤独。

　　电话铃响,是爱人打来的,"今晚吃什么?需要我买什么菜?"每天此刻,他在回家的路上都要打个电话,关心晚饭。孩子不在家,他每天早早出门去几十里外上班,只有晚饭两个人可以共同准备。每日的电话沟通,让寻常晚饭添了些和谐的滋味儿。

手机屏幕上方，有微信群里的消息在闪，"白富美蘑菇群"的美女们聊得正欢。

"回家一看，我的白富美又长大了不少！再过一两天就可以享用了！"玫子姐姐传递着欣喜。

"快发图上来！也看看我的去。"迎春姐姐才说完，就跟上一张图片。白嫩挺拔的宝贝儿，确是可爱的"白富美"。

"我都准备煲汤了，鲫鱼豆腐鲜蘑汤。"豌豆发上一张图，案板上是一小堆切成片的杏鲍菇。豌豆妹妹精心煲制三鲜汤，定是为读高三的女儿增加营养。

泉水叮咚发的两张图片上都不是"白富美"，分别是刚刚发芽的黄豆和花生。

"姐姐们开心做饭吧，我刚才去学校门口接儿子，亲爱的婆婆装了做好的饭菜送到校门口。"快乐随风小妹家的婆媳关系甚好，相处得胜似母女。

群里的姐妹们都是同事，为了厨房的食材、餐桌上的美食，前几日拼团买回一大箱纯天然无污染的杏鲍菇菌种，你一袋我两袋地抱回家养起来，美其名曰"白富美"，姐妹群也因此更名。爱着烟火的美女们，上班之余，交流分享养蘑菇、养黄豆芽花生芽、养小家口福的经验乐趣，幸福得一塌糊涂。

碧海姐姐的幸福，还在于她刚退休的姐姐、姐夫。她姐姐、姐夫的儿女都在外地，老两口三天两头地准备美食，请碧海夫妇共享。老两口爱自家的烟火，也爱别家的厨房。他俩常去理发的小店，因为顾客多，没有帮手，理发的小夫妻很少有时间做饭，常常在店旁小摊买几个烧饼，匆匆应付饥饿。老两口心疼小夫妻，像心疼自己的儿女，于是，隔三岔五地走进小店夫妻的厨房，为他们准备饭菜，光是饺子就已经包过好几次。小夫妻每每对顾客讲起此事，小店里都充满盈盈暖意。

　　我穿过园子里的花香和鸟语，带着一身春暖走向飘散着烟火气息的家。路上，我想起太姥姥的白菜炖黄豆，想起爸爸的红烧带鱼，想起邻家奶奶的凉拌菜，想起女儿常要我做的地三鲜，也想起我给装修工人准备的家常便饭。

　　再美妙的自然，也只是人间的背景。置身一日三餐的尘俗烟火，用心演出与人世关联的生活情节，给亲人、给同事、给朋友，甚至给路过我们生命的陌生人，奉上缕缕春风阳光，我们才能成为幸福人生的主角。有一种幸福，是爱上烟火，随时随地，遇见家的温暖。

一念花似锦

大姐是一家浴池的搓澡工，肤色白净，卷发乌黑，手脚麻利，话语清脆。初见时以为她年纪不过五十岁，便称呼她大姐。

大姐工作的浴池，角角落落都洁净如新。很多顾客和我一样，都是冲着这洁净去的，当然也是因为大姐。大姐搓澡，手劲儿均匀，一丝不苟，让人洁净舒服的同时，一张嘴也不闲着，说出话来温馨甜润，让人心里晴和熨帖。女人们搓澡，即使排着队耗费些时间，也愿意等大姐。大姐因此成为浴池里最忙碌的一个。

另一个年轻的搓澡工，偶有闲暇，便听从大姐指挥，清理浴池的角角落落。每当人夸她浴池干净，她都满脸恭敬，"阿姨那么大年纪，总是带着头干，她那么忙，挣了钱都要和我平分，我哪好意思偷懒？"

　　大姐一直叫我"丫头"，叫"丫头"时慈和的语气宛如在喊一个孩子。这样叫了几次，我微笑着纠正大姐："我比你小不了几岁……"大姐神情温煦地对着我说："丫头，我今年六十六，看你的模样儿，和我女儿差不了几岁。"怪不得年轻搓澡工喊大姐"阿姨"，还说她"那么大年纪"！这大姐，居然和我母亲同岁！

　　"大姐，不，还是叫您阿姨吧！您看上去真年轻，一根儿白发都没有，哪儿像六十几岁的人？"说这话时，我想着自己的母亲，母亲虽生活优裕，衣着讲究，然而头上愈来愈花白的发难以掩盖真实的年龄。

　　这貌似大姐的阿姨咯咯咯地笑起来，"叫大姐叫阿姨，我都开心，叫大姐显得我年轻，叫阿姨那是你对我尊敬。这头发是我自己焗染的，定期焗黑油，习惯了，不然也是花白的。每天干活累，吃得饱睡得香，乐乐呵呵，就不觉得自己老。"对这显得年轻的"大姐"，心中生出更多的敬意，于是从此改叫她阿姨。

　　阳春三月，天气转暖，浴池里的顾客少了些，阿姨也偶得片刻闲暇。一日，见她在整洁的更衣室里，披一件粉底紫花的长身睡衣，对镜梳理一头略显稀疏的黑发，那姿态气质，颇显几分庄重典雅。又一日，也是在更衣室，阿姨往玫瑰花茶里放一勺蜂蜜，那神情举止，透出一股高贵。

　　与别的顾客闲聊，得知阿姨住在条件好的小区，一女两儿都已成家立业生子，生活得幸福美满，对她都极恭敬孝顺。

我心想，阿姨的老伴儿也一定是懂关切会体贴的人吧？阿姨完全可以在家静享天伦之乐，大可不必到浴池受这份劳累。

再次让阿姨搓澡，畅快闲聊间问起她的老伴儿。阿姨瞬间黯然。"他已去世二十几年了……"沉默一会儿，她才恢复轻松的神色，"他走时，我们在东北，女儿还没出嫁，大儿子上初中，小儿子才几岁。我带着三个孩子刚来河北时，因为没文化，到处找活儿都没人要，最后到浴池学搓澡。那时也是三月，顾客本来就少，人家又愿意找手艺好的熟人，我没活儿干，就清理卫生，免费给顾客搓背。第一次我才挣了一块五毛钱，哪够我和孩子们花销？那段日子，比东北的冬天还难挨。"

阿姨的语调接着又愉悦起来："我当时抱定不服输的念头，相信只要心眼儿正，多受些累，肯定能把苦日子过甜。有这念头支撑着，日子真的一天天好起来。我们家养了好多花，连那些花都争气，一年比一年壮实，一年四季花开不断。我那几个孩子，一个比一个懂事。他们怕我累，不肯让我出来，可我觉得来浴池搓澡，和大家闲聊，是很快乐的事……"

善良勤劳、乐观爱美的阿姨，二十几年心执一念，养得家中繁花似锦、生活如蜜，把严冬过成暖春，怎能不让人心生敬意、身受感染？

你谢绝的花束，已植根心底

一句质朴无华的感谢话语，将一束馥郁缤纷的鲜花捧到一个秀发齐肩、雍容清雅的女子面前。女子微笑谢绝，送花人将鲜花捧回，连着真挚的谢意一同栽种在心底。感激的花束在心底生根，永远芬芳美丽。送花人是一个坐在轮椅上的阿姨，谢绝花束的女子是肖姐。

"你写写我们肖姐吧！我们想请她吃饭，她拒绝；送她东西，更是别想。我和同行们正商量送她面锦旗，你写篇文章，我们一起送她表达谢意。"回老家时，一位做会计工作的朋友得知我写过些短文，便郑重请求。

"你们肖姐多大年纪？"我注视着已知天命的朋友，有些好奇。

"比我小几岁吧。肖姐可不是一般的人。"朋友话匣子一打开，便滔滔不绝。我从他崇敬感激的神情话语里，初识了肖姐。

肖姐是国税局综合服务大厅的负责人，自从她接手服务大厅的工作，纳税人为办一件小事一趟趟跑税务局成为历史。为了方便大家，她建了微信群，群里几百人，谁有什么工作上的难题，只要在群里发句话，一般都能很快解决。有时遇到特殊业务难题，肖姐会温情回复她正安排同事查政策法规，咨询其他大厅业务优秀的同行，请纳税人耐心等待。朋友负责的一家公司要注销，因为系统故障，肖姐帮他手工录入数据，忙了整整一下午……

闲聊之间，扫一眼手机微信，朋友已发出入群邀请。我作为与财税工作风马牛不相及的外行，潜入了肖姐的业务交流群。加群时间是五一前，每个正常工作日，从清晨到深夜，群里随时有人发问，肖姐总能很快回复，不厌其烦。肖姐和大家交流最多的内容多和"营改增"有关。潜伏几日，我主动加肖姐为微信好友。

周末，肖姐在群里转发了不少与"营改增"政策法规有关的微信链接，转发时间早的在清晨六点，晚的在夜里十一点。肖姐几点开始学习，夜里又几点休息，我不得而知。我这个财税盲开始看得一头雾水，没几天就通过微信群了解了"营改增"——原来是营业税改增值税的简称，以前缴纳营业税的应税项目改成缴纳增值税，增值税只对产品或者服务的增值部分纳税，减少了重复纳税环节。自2016年5月1日起，中国全面推开"营改增"试点，将建筑业、房地产业、金融业、生活服务业全部纳入"营改增"试点,营业税退出历史舞台,增值税制度将更加规范。

为保障5月1日零点开票正常,保证"营改增"顺利推开,4月30日晚十点半,肖姐开车接两个年轻同事去服务大厅,后备厢里装了很多给同事准备的食品饮料。午夜一点多,她心疼两个小同事,把他们送回去休息,自己又回到大厅加班。凌晨四点安排同事去地税开票,五点多安排纳税人来开票,一直到下午七点才下班回家。已过不惑之年的肖姐腰疼得站不住,也没向同事喊一声累,没在群里道一声苦。

这样的不眠之夜,在肖姐的工作中一定不止一次。如果不是那天中午和她私聊一会儿,我将和很多她服务过的纳税人一样,无从知晓。那个中午,肖姐也没能休息,正在局里等待一点半开始的业务考试。为了更快进入税制改革角色,每天工作之余,她带领同事们学习讨论关于"营改增"的业务问题。有时抬头看窗外,路灯都熄了,外面一片漆黑。肖姐入考场前说,考完试,还要赶紧开车去给一位有残疾的纳税人送发票。一个开小旅馆的瘫痪老太太,就是给她送花的那位阿姨,出门要坐轮椅,行动很不方便,儿子患有小儿麻痹后遗症,又是智障患者,实在可怜。我问肖姐曾多少次跟着汽车导航,把贴心服务送到纳税人门上,她说早已忘记。

微信里、电话中、面对面,无论是刚参加工作的青年同事,还是年岁长她不少的纳税人,都愿意称呼肖欣玲主任为"肖姐"。"肖姐"二字,无论是从指尖打出,还是从口中呼出,都是发自内心。声声"肖姐",饱含着对爱岗敬业、贴心服务者的崇高敬意和真挚谢意,是从心底溢出的花香,芬芳不息。

每个人都可以平等地做梦

煦风一吹,花园里沉寂一冬的花树,无论是虬枝盘旋的老树,还是枝疏干嫩的小树,都绽出色彩鲜妍的花来。

在三楼办公室接到一个电话,有位前辈要我到单位门口等他。既然要等,便不必太急吧。这样想着耽搁了两三分钟,一楼的小同事就快步跑上来敲门,然后递给我一个档案袋。

档案袋里装的是几沓打印纸,A3纸对折,夹着小一半的A4纸,叠得整整齐齐。展开来一页页翻看,有定义家风的文字,有颂扬家风的歌曲,有关于家风的文章……竟全是家风方面的材料,其中最多的是《人民日报》专栏"人民论坛"的文章。文章是复印的剪报,上方都标有日期,一篇篇按时间先后排列,每一篇都有认真阅读的痕迹。许多句子,都用横线醒目地勾画出来。

这些材料就是那位前辈送我的。他坐车送到我单位门口，因年事已高上楼不便，就委托一楼的小同事送上来。

前辈最近读报看电视，意识到家风与国事的重要关联，生出编辑"家风"主题书稿出版以弘扬优秀家风的梦想。

梦想一萌芽，前辈就多方了解，物色编辑人选。很快，他便主持召开了第一次编辑会议。老中青编委围坐在会议桌前，前辈打开一个厚厚的档案袋，抽出一大摞与家风有关的材料，请年轻人一沓沓发给大家。材料少几份，恰好没发到我手里。老人家精神矍铄，声如洪钟，先是宣读事先拟好的文件，又讲了家风与国事的关联，再谈到当前一些价值观偏离的现象，然后播放了两首颂扬家风的歌曲。征求大家建议后，布置了学习所发材料和发现好家风典型并整理成文的任务。

"每个人都得有梦想，我今年八十五岁了，梦想还很多，你们年轻人，也不能输给我。资金的事大家别担心，我负责解决。咱们一起，为弘扬中华好家风的梦想努力！"会议结束时，前辈微笑着鼓舞大家。

想不到，他居然清楚会上少发的几份材料没发到谁手里，第二天上午便复印整理装袋，坐车送到几个人的单位或家门口。

20世纪80年代曾任县长的前辈，退休后担起关心下一代的任务。多年来，他付出极大的热情，已经完成很多梦想：资助贫困学生学习生活；发起组织中小学生作文大赛并将获奖作品结集出版；组织编写《学习雷锋好榜样》一书，传播善美思想；就当地历史文化资源，组织发掘编写了文化集萃丛书，为当地文化传承做出了重要贡献……老人的衣食住行皆简朴，他的工资积蓄，大多投资给关心下一代身心健康成长的梦想。

前辈曾说："一个老人成天光吃饭有什么意思，活着就要做梦圆梦，让社会承认我的存在，看到我的作用。"

一页页品读前辈复印的剪报，想起日本最高龄女诗人柴田丰的诗句："阳光和微风，从不曾有过偏心，每个人都可以平等地做梦。"柴田丰不是职业写手，九十二岁才开始提笔抒写诗歌梦，九十八岁出版第一部诗集，一不小心就成了畅销书作家，诗集狂卖两百万册，风头直逼村上春树。

没有梦的老，才是真的老。有梦可做，为梦倾力，老树小树，都可绚烂花开，笑迎春风。

心间养一眼暖泉

在张家口蔚县,我们正开车寻暖泉古镇景区正门,邂逅路边一个瘦小的女人。开窗问路,冷硬的秋风把女人的乡音送进车里,"正门买票每人八十元,我带路从别处进,每人只要三十元。"我们请她上车。

到暖泉镇医院门外,她让我们停车,说这里不用交停车费。下了车,风裹挟着灰尘和凉意扑面而来,我打了个寒战。走几十米,一抬头,好大一棵垂柳!粗黑皴裂的树干两三人才能合抱,密密匝匝的枝叶瀑布般倾泻下来。

"你们在树下合个影吧。"女人微笑着要过我的手机,等我们摆好姿势,给我们拍了合影,待我们看过照片满意地点了头,才带我们往前走。我心安理得地享受这份热情,觉得她为挣钱这样做理所当然。

很快到一条巷子口,女人和几个把守的男人打过招呼,便让我们进去了。她收了钱,准备原路返回。我担心医院门口的车,又觉人生地疏,向她提出带我们游览的要求。游客在景区上当受骗财物被偷的报道,早掠走了我对陌生人的轻信。她犹豫一下,继续微笑着引我们前行。

巷子里晃着三三两两的游客。古旧的砖墙,斑驳的木门,残破的对联,锈蚀的铁锁,都已模糊了最初的容颜。院墙顶上的枯草,在飒飒秋风里摇曳出萧瑟的气息。

"这堡子里的老宅,很多都没人住。住老宅的,大多是老人……"女人的乡音响在耳边。

不觉到了巷子尽头,向右拐进景区主街。游人多了些,却没达到摩肩接踵的程度。人语声中,笛声悠悠。坐在货摊后的一个老人,须发花白,肤色和衣色同样黯淡。他面前,一筐梨,一盆绿豆,一盒晒干的菜。老人专注地吹着笛子,似乎不是在卖货,而是临街排遣着无边的寂寞。

女人说,这老人七十多岁,街上卖土产的多是六七十岁的老人。望前面的摊子,果如她所说。导游路上,她不时对老人们微笑、点头、高声招呼。这个上身套着厚厚几层旧衣的女人偶尔抚一下我的背,仿佛对待远来的亲友。扬着尘沙的风依旧寒凉,衣服单薄的我仿佛借了她身上的一些温度,不那么冷了。

古街西面一个宅院,两扇旧木门闭合的中间部分油黑发亮,那是用沾着油污的手无数次抚摸的痕迹。我轻推木门,中间露出一道缝,门缝里晃过一个佝偻的深蓝侧影。我的视线透过门缝移动，院里一匹马、一架马车、一堆玉米、一个煤火炉，还凌乱放着砖瓦坛罐等杂物。

"这院里只住着个八十多岁的老伯，老伴去世了，儿女都在城里，他嫌城里楼房不方便，不愿跟着孩子们。咱们可以敲门进院，他很愿意有人到家里……"女人敛了微笑，突然低下来的语调，透着无奈和关切。我暗暗惊讶她对古镇上老人们情况的洞悉，悄悄感动于她对老人们的态度。

女人陪我们登上西古堡城楼，指引我们东西南北地俯视古镇建筑。我们频频问询，她不厌其烦地介绍。从她与专业不沾边的"导游词"里，得知使古镇得名的暖泉已经断流，了解了打树花等民俗和剪纸艺术，以及在这里拍过的影视剧等。

"我在那个院子做了多年媳妇……"从剪纸体验馆出来，她指着旁边巷子里一处古旧的宅院让我看。爱人在镇上开修理摊儿，在北京工作的儿子生活压力很大，她为帮儿子在北京立足，偶尔在景区外等游客挣点儿钱。出于好奇，我走进她手指的院子。嵌着方格老窗的旧房虽低矮，院内却洁净，东西摆放整齐有序，院门房门上纳福迎祥的对联完好无损。她年迈的公婆迎出来，发着亮光的皱纹里透着家庭和谐的喜气。女人搬出去十多年，常回这里帮公婆收拾。

告别时，女人说有什么要问的可以联系她。我输入她的手机号，她报上姓名："刘学锋，文刀刘，学习雷锋的学锋。"

"听名字，你是一九六几年生人吧？我是七零后。"

"六九年，那我是姐，你是妹啦……"

我和她，一高一低紧挨着，一股暖泉，从她心里流到我心里。近午的阳光像温暖的泉水，把奔跑在古镇上的秋风浸得暖暖的。

　　世界之大，名"暖泉"的村镇，不止一个；断流的暖泉，不止一处。凡俗庸常的人，成千上万。他们的生活，或许并不体面。然而，只要心中养一眼暖泉，孝亲敬老，舐犊情深，良善待人，生命的阳光，便如温润的泉水，浸暖尘世，源远流长。

闻香识爱

夜色中的植物园,环形跑道边、幽曲小径旁、人造瀑布下、假山坡上……一树一树丁香的芬芳,沐着月光,和着鸟鸣,丝丝缕缕倾泻而下,浓郁热烈,沁人心脾。

"好香啊!"我漫步至一树丁香下,听到一个男人的抒情。简短的话语,温柔,甜蜜,熟悉。一个高大健壮的男人仰着脸,鼻翼触着一串白晃晃的花。男人的右手挽着一个身材瘦小的女子。两个身影我都熟悉,是女友和她的爱人。

女友的爱人,故乡在四季如春的昆明,初三那年冬天,因父母工作变迁来到北方。初来乍到,他就被劈头盖脸的寒冷冻坏了,反复地感冒、发烧,伴着长时间的鼻塞,后来,竟患上严重的慢性鼻炎。父母忙碌,再加上长时间在外读书、工作,一直没有用心治疗。和女友结婚时,他的嗅觉已迟钝了许多年。婚后他在厨房做饭，需要闻味道，便招呼女友："喂，借用下你的鼻子！"外表高大结实的男人，一年四季畏风怕冷，穿的戴的都比女友厚，睡觉经常鼻息如雷，鼻塞厉害时只能用嘴呼吸。冬日鼻炎发作，他更是难以安眠。

女友埋怨他有病不早看，无论是普通的感冒消炎药，还是特效治鼻炎的中药西药，为他买过很多，他的鼻炎却根深蒂固。

女友多方打听，一次次拽他去医院。在当地经历过两次失败的激光治疗，他不再抱希望。她却不气馁，又让他试了一些偏方，仍未见效。那年春节刚过，又扯着他辗转坐车进京，访过几家医院，看过许多医生，最后陪他在专治鼻炎的武警医院做了门诊手术。鼻息肉，鼻中隔偏曲，手术剔除的息肉和堵塞呼吸的骨头让人心惊。从手术室出来，他鼻腔里塞满纱布，脸膀眼肿，看不清东西。瘦小的女友小心翼翼搀扶着他，陪他打针，做红外线理疗，谨遵医嘱，辗转倒车回家。

女友连日悉心照顾，几次陪伴他检查理疗，难缠的鼻炎终于离他而去，鼻息顺畅了，睡觉再不打呼噜，也不再像过去那般畏风怕冷。只是，他迟钝的嗅觉似乎沉睡了，生活中各种寻常的味道闻而不见。他对着女友开玩笑："我这鼻子，估计废了，闻香识臭的任务，以后全交给你。"

说这话时，已是草长莺飞、繁花竞放的时节。女友和爱人白天上班，早出晚归，像两只勤劳的燕子。每日晚饭后，女友挽着他在小区花圃、在植物园寻访花的气息。她以为，总有一些美好的味道，可以唤醒他的嗅觉。迎春、连翘、玉兰、杏花、梨花、桃花、海棠……她挽着他的手漫步，驻足丛丛树树的花前，拈花深嗅。清鲜素淡的花草气息，她都是敏感的，他却总是尴尬摇头。植物园的丁香树树茁壮，花开得早些。那是个有月亮的晚上，她挽着他伫立在丁香树下，轻牵一枝花贴近他的鼻孔，他终于嗅出一缕一缕醉人的香。见他欣喜，她更欣喜，于是陪着他在环形跑道边、在幽曲小径旁、在人造瀑布下、在假山坡上……走走停停，几乎亲近遍了植物园里的每一株丁香。月光温情地从空中倾泻下来，似乎也浸染上丁香迷人的芬芳；群归的候鸟栖身于丁香树旁的竹丛里，和鸣声从竹丛里欢快地流溢出来，仿佛也浸染上丁香热烈的芬芳。

女友爱人的嗅觉渐渐恢复，每年春天，丁香开放时，夫妻俩夜夜相伴着亲近植物园和小区里的丁香。他们关注着身边的每一种花开。女友天生爱花，见花即喜，能叫出许多花的名字；生在春城多年对花视而不见、不曾问津的男人，如今也是见花含笑，对许多花名如数家珍。男人享受爱的芬芳时，何尝不是用全身心的陪伴做着惜花怜香的事？

女友和爱人都是普通的工薪族，生活紧张时，难免捉襟见肘。身边寻常的花香、月光、鸟鸣，得来不需花费分文，然而和朴素的真爱一样，真正拥有了，就会得到一个弥足珍贵的世界。

放一条温暖的长线

我的新作出版,样书只有几本,亲友讨要,还得自己买来相赠。我抱着贪便宜的心理,在售书网站搜索,终于选定最便宜的一家。常联系的客服人员,开始被我喊作"店家"。不论早晚,只要点开对话框,几个字打过去,一张颤动的笑脸总能在几秒内迎过来。自己的书,当然关心得多,问这问那,啰啰唆唆。"店家"不厌其烦,话语温雅。

买过五六次,竟还不知"店家"是男是女,年龄几何。"店家"也不知我是作者。来来回回,彼此以"您"字敬称。我希望送出的书每本都完美,又怕人家知我破费过意不去,所以每次都嘱咐:"书拣完好无瑕的寄,包装时别放价格单。"再买时,不等我嘱咐,那边便保证:"书肯定没问题,不会放价格单,我亲自包装,请您放心!"保证完毕,"店家"表示纳闷儿:"怎么总买同一本书寄给不同的人?难道您是作者?"那时,这家店铺,我的书销量已近千本,购书者应该也有几百人。我惊讶于"店家"的精准记忆,便实话实说,同时恭敬地夸奖几句,依然称其为"您"。

对话框里飘过一张羞涩的笑脸,"您女儿都大学毕业了,也算是我的长辈,千万别再'您您'地称呼我,我还没女朋友呢!以后叫我小熊吧!"原来,这善解人意的店家还是个大男孩儿。他怎么知道我女儿大学毕业了?一定是读过了我的书,因为书中散落的一些文字,是我和女儿爱的记录。心被一条温情的线牵动了一下,便有暖流潜滋暗涌。从此,我们互加了微信,我不再称呼他"您",开始叫"小熊"。

索书的人,有的人会要签名。网购的书,寄到我单位,再签名寄出,费时又费钱。小熊知悉此事,想给我减些麻烦,主动请缨要代我签名。好意难却,我又担心他书写的功底。恰逢给一位作家朋友购书,我便请他先在纸上写几个字微信拍照片发来。要求发出,微信里迟迟没有小熊的动静,以为他不过随便说说,便忙着去招呼别的顾客。过了好一会儿,他竟真的发过一张照片,打印纸上、字体、布局都匀称美观,可见态度的严谨和练字的功底。

"刚才练习了几遍,字写得不够好,您看可以吗?"小熊很谦虚。我连连称赞。"可我毕竟不是您,不敢冒昧在扉页上涂鸦,这字写在我赠您朋友的书签上吧。"我的那本书是没有设计书签的。几日后,朋友在微信里贴出照片,拍的是我的书和一张精美书签,照片下一行文字:书很精美,赠言签名和书签都极漂亮。心又被一条温热的线相牵，一股暖意悄然流淌。

后来网上购书，小熊居然会有不在线的时候。微信问询，原来他在培训机构学习网站设计。他的店铺发展很快，客服添了六七个，网页设计愈来愈清新完美，图书销量直线上升。小熊做了店长，比以前更忙。曾说过没时间谈恋爱的他，居然尊重父母意见，和一个女孩儿见了面。女孩儿工作也忙，每天五点半才下班。小熊说："年轻人恋爱，有的选择被爱，有的选择去爱。在工作和生活中，我习惯了付出，乐于做暖男，所以，愿意主动去爱，除了每天微信电话里关心她，我歇班时，还大老远跑去她单位送饭……"我和他开玩笑："都说放长线，钓大鱼，你这是放暖线，钓爱情吧！"

真诚、热心、敬业、乐于付出的小熊，在顾客心中，又何尝不是放着一条温暖的长线？我相信，进步、成功、快乐、幸福在内的诸多美好，都会心甘情愿被他从岁月的长河里钓出来，与他相依相伴。

一径心香

> 这些年，生活把我教育成一个散步者。
> 岸边，酢浆草空出一条小径，
> 我被尽头鼓励着走向尽头，
> 把未知的弯曲，走成已知的风景。

这是徐先生喜欢的诗句，出自徐俊国的《散步者》。徐先生走过来和正行走的也是一条小径。然而他的行走，不似散步者那般轻松，肩上要挑着工作和生活的担子。

他所走的，确非一条坦途。为了生计，高考失利后，他辗转几个地方，当过老师，进过文联，开过书店，如今落户广州，在一家报社当新闻编辑。不惑之年，全家仍靠他一个人的收入。他并不丰厚的薪水，每月要分成几份，给乡下老家年迈的父母,给正在求学的女儿和没有工作的妻子。他的薪水得来不易,每天要选题、组稿、看稿、编稿、校版、等老总签字,一直工作到午夜。一年四季,几乎天天如此。

因为文字,认识徐先生多年,网上闲聊,却从未见他诉苦。负重的他,却像散步者一样平和安宁,悠悠前行,播撒在身后岁月里的,是一径淡淡的心香。

徐先生的QQ空间和新浪博客,有很多见证女儿成长的文字和照片。他洋洋洒洒写给襁褓中女儿的信中说,自己"无钱又无势无权,为了生活像车辚辘一样工作",未来要靠女儿自己艰辛地创造。他告诉女儿,这个世界虽然存在着罪恶、欺骗和坎坷,同时也充满希望、雨露和阳光。"我爱你,直到我生命的终结。有了这一点,你将是世上最幸福的人。"照片上,清瘦的徐先生抚着胖乎乎的女儿,父女俩都咧嘴微笑着,父亲笑得慈和温煦,女儿笑得幸福明媚。这样的句子和细节,引得人依稀望见徐先生的生活:曲径通幽处,他携女徐行,一路草美花鲜,明媚阳光里,散着父爱的甜香。

珍视亲情的徐先生,记得定期去街头给患高血压的妻子买药,"悯惜着电话里父母不停的咳嗽声",也"悯惜隔壁的老妇人又与自己争吵了一夜""悯惜屋檐下遗失孩子的一对燕子夫妇""悯惜断了线的风筝,案板上的鱼,卖唱人的歌声,孩子悲戚的脸"。他悯惜着"一切风雨兼程的事物""一切不遂所愿的心"。他用多情的诗句,抒写对亲人的热爱,也表达对世界的关切和悯惜。他在宁静的早晨虔心祈祷:"我愿红尘中每一个生命都有完整的安顿,我愿一切尘事可亲如同我的亲人。"青春时代就在诗歌界小有名气的他，明白"当黑夜来临，诗人也无法阻挡"，然而即使"当洪水滔天同样也要淹没"他，他"仍愿与这个世界温柔相待"。

温暖的爱意、柔软的善良，源源不竭地从他心底流淌出来，清苦间充盈着质朴的浓香，丝丝缕缕，流溢在常写常新的诗句里。那些诗句，扎根于他走过的生活小路旁，长成一棵棵茂叶飘香的艾蒿，成为治疗精神疾苦的一味中药。

工作之余，偶得闲暇，除了写诗，徐先生也写毛笔字，临摹《兰亭序》，抄写自己的诗，生活的路旁因此更添了墨香雅气。年近五十，依然"无钱又无势无权，为了生活像车辘辘一样工作"的徐先生，走向的或许仍是未知的弯曲，对这世界却一如既往满怀信心。他用行楷虔诚抄下自己的诗《我看见》：

　　我看见更多的花在凋零，
　　更多的东去的流水，
　　更多的黑暗俯冲下来，
　　一位临终的老人对我说，
　　你会看到更多的孩子降生。

生活的原野可以贫瘠清苦，生活的道路可以狭窄弯曲，只要丰腴的心灵养一片沃土，在平凡岁月中辛勤耕种，从容前行，身后就会飘逸一径心香，未知的弯曲都会变成已知的风景。

远方的小儿女

儿童节，我收藏了两幅摄影作品。两张照片中，有三个远方的小儿女。

其中一幅的醒目位置，白亮的阳光，朗照着一个小女孩儿奔跑的背影。宽松上衣的黄，比小脚丫大一截的拖鞋的粉，是老照片中褪去些颜色的油菜花黄与桃花粉。还有那肥裤子的藏蓝，都是被时光洗涤过的旧衣颜色。阳光是崭新的，乌亮的麻花辫是新编的，辫梢微翘，右臂和左脚抬起，她的影子被阳光投在明晃晃的地面上，绽成饱满花蕾的形状。女孩儿奔去的方向，是一处简陋的院落，墙砖斑驳，院门敞开，暗影中的男人身形模糊，阳光下有老妇人在灶前忙碌，有年轻女人端着碗喂孩子。

画面定格的时间应该是正午，刚刚放学时。我想象这小女孩儿刚上小学没几天，腹中咕咕，一出教室就小燕儿般疾飞回家。家虽寒酸，爱却如锅里简单的饭菜，每一天都温热新鲜。小女孩儿活泼明亮的背影，我第一眼就喜欢上，目光久久不肯离开。

另一张照片，两个更小的男孩儿依偎着坐在石头上的老妇人。老妇人面容清瘦，微笑慈祥，目光中流露希望；两个男孩儿脸上还未褪去婴儿肥，眼光干净，神色腼腆。三人古铜色的脸和朴素的旧衣，都被阳光镀上一层温暖的金色。他们身后的背景，是近处的丘陵、草坡、小河、牛羊以及远处的蓝天空、白云朵。画面定格的，是一个美好温馨的夏日清晨。

儿童节，远方一位编辑老师策划了一位壮族作家的摄影诗歌展。展出地点，在一家书店内的咖啡屋。六一前夜，这位壮族作家讲摄影，讲诗歌，他的一百多幅摄影作品同时开展。摄影题材多是生活清苦的孩子和贫困乡村的背景，然而背景明亮，人物阳光，纯净的眼神和活泼的背影，诉说着殷殷期望和美好愿景。作品标价，每幅一二百，展出所得，全部用于助学。

我在微信公众号，看到展出的部分照片。我满怀怜爱预订那两张照片时，忽然忆起旧日同母亲对话的一幕情景。母亲信佛，常和姨妈们一起到贫困山区布施。我每每都会收拾起女儿不爱穿的衣服，托母亲送给山里的孩子。

我翻动着包里的衣服，让母亲看，"这些衣服，还是崭新的，有的一次没穿过，真有些舍不得……"

母亲说:"你就想着,有另一个没见过面的女儿正苦等着这些衣服挡风御寒,就开心了。"

我揽着自己可爱的小女儿,轻抚她胖乎乎的圆脸儿,想到还有个年龄相仿的女孩儿将穿上女儿的衣服,并因此获得些许温暖,心中便生出一根柔软关切的藤蔓,伸向未知的远方。后来,偶尔在网上买些童书寄出,就会欢喜地憧憬,我没有到过的远方,有眼神明澈的小儿女,接过崭新的书,粲然一笑,希望花开。

两张摄影作品,三个远方的小儿女,让这个六一有了不同寻常的意义。暗暗钦羡策划展览的编辑老师和他的作家朋友:那么多照片,他们曾多少次亲临僻壤?与多少小儿女温柔对视?文艺助学,是他们一直坚持的公益事业。他们曾多少次给贫苦的孩子送去广阔世界的阳光,送去生机和希望?背景明亮,生命阳光,正是他们用善心雅行送给孩子们的美好祝福。

我憧憬的远方,清苦背景中有一群幸福的孩子——我的,他们的,更多人的小儿女,嘴角上扬,像水中畅游的鱼一样快乐呼吸,像阳光下的小树一样茁壮成长。

淡情浓谊总相宜

"祝你生日快乐!"

"生日快乐发大财哈!"

"生日快乐,天天开心哦!"

"生日快乐,永远十八岁!"

……………

黄昏,QQ 里仍有疏于联系的好友陆续蹦出,重复上面某条祝福,附带着 QQ 空间的生日礼物。这样的祝福,从我生日到来的午夜就开始了。近二十个小时,闪过去的总有上百条。

早晨打开手机 QQ,看到春日繁花般挤上屏幕的信息,颇为感动。一条条用心回复,感谢某美女,感谢某帅哥,感谢某老师……还有一些好友从头像资料实在看不出男女、身份,因为压根儿就没聊过一字。回复了一会儿突然笑起来,这些祝福竟如此雷同,有的好友同样的祝福送了五六次。我真诚感谢的长句子回复过去,却很难换来只言片语,送祝福的好友多数不在线!

原来,这些生日祝福是QQ程序自带的,可以自动控制,批量发出,即使送祝福的好友多日离线,也可如期送达。还好,我个人资料里生日如实标注。犹记得新年那天,我也收到关于送祝福的程序提醒,某位好友即将生日,按提示点几下鼠标,系统设置的礼物和祝福瞬时飞出。好友携着笑眯眯的表情符号回复:生日还远,1月1日,注册QQ时随意敲入,想不到会收到那么多祝福。

从QQ版本更新到可由程序控制自动送生日祝福至今,我还请系统代理送过哪些人祝福,实在想不起。我生日之后,明天的太阳升起,刚送过我祝福的好友,有几人能想起今天是我生日?

我清晰想起那些彩蝶般翩然飞走的友情时光,我收到的一些生日祝福。

求学时,爱写爱画。逢我生日,一起泡画室的兄弟姐妹不知如何得知。中午,每人多打一样菜,食堂那天所有品种的菜都被端回画室。几个凳子支起一张大画板,上面铺几张报纸,就成了餐桌。他们拉我一起围坐在餐桌边,每人一句朴素的祝福,一样简单的礼物。多少年过去,画友们道出祝福语的羞涩笑容,郑重呈给我的圆珠笔、调色盒、笔记本,依然历历如画,新鲜如初。

初工作，住宿舍，与两个美女同事做室友。每个人的生日，都是三姐妹的节日。互送的小礼物，廉价而昂贵。除了上班时间，相互陪伴，一起游玩，谈笑风生，将彼此的生日过得诗情画意，活色生香。后来各自成家搬离宿舍，这样的生日祝福又延续了好几年。

业余，涂鸦文字。遇别人生日，写下一篇与自己生日有关的小文，投给某报纸副刊的编辑老师。生日前一天，小文投出已近两月，我自己都已忘记。突然接到老师电话，与我交流那篇小文个别词句的修改意见："'许多不知名的野花，一穗穗，一丛丛，一朵朵……'这个句子，量词用得不合逻辑，由远及近聚焦野花，应先是'一丛丛'，再'一穗穗''一朵朵'……提前祝你生日快乐！"生日那天，文章见报。句中量词，已改成"一丛丛，一穗穗，一朵朵"。这份特殊的生日礼物，如一株木本的花，扎根到生命里，季季迎风，岁岁芬芳。

回忆着，继续回复QQ里重复的祝福。某好友空间里发出一幅美妙春光图，图上注一句："春天该很好，你若尚在场。"喜欢之余，转发微信朋友圈，并配发生日愿望：每一个春天都在场，生命每一日都是美好的春日。不多时，再看微信，远的近的好友，其中也有些不知姓甚名谁的，留下几十条评论，都送上了生日祝福。

老妈在微信里忆苦思甜，说我是莲花胎，出生时难产，姥姥吓得咬破嘴唇。我好不容易出世，却不哭不闹，无一丝气息。亲人们伤心，爷爷让大家耐心等待，我终于有了声息，一路蹒跚成长到现在。每一个生命从精子卵子的奇遇,到问世的一声哭啼,都是一个传奇的开始。

　　无论是QQ、微信里萍水相逢疏于联系的好友,还是朝夕相处、志同道合、神交日久的好友,在生命现场的相遇又何尝不是传奇?生日,节日,寻常日子,程序控制定时送出的QQ祝福,身在现场亲手亲口呈上的祝福,电话微信等各种形式的祝福,无论情淡如浅溪,还是谊厚如深海,只要载着善意,淡情浓谊总相宜,都该珍之惜之,投桃报李。

不失尊严，活出滋味

那年盛夏，音乐学院毕业的朋友违背了父亲的意愿，背着简单的行囊和心爱的吉他，带着从慈母手里接过的三千元钱，独自跑到离家几千里的北京谋求发展。到了北京，他在离王府井不远的协和医院旁找了一家潮湿的地下室作为暂时的安身之所。居住条件差，住宿费很便宜，他想，受点苦不怕，只要能很快找到合适的工作，幸福的日子也就来了。

到北京后的十几天中，他揣着一纸毕业证到处奔波。电视台，学校，音乐厅，乐器城，歌厅，凡是能想到的与音乐有关的单位都快跑遍了，却仍然找不到自己的用武之地。他这时才相信了同学的话，在北京，一个地方音乐学院的毕业证薄得像一张白纸。尽管他节衣缩食，钱还是很快花完了。第一次出远门竟没想到要趁着还有路费的时候回家，因为他总天真地相信在钱花完之前自己会找到理想的差事。从地下室里搬出来,身无分文的朋友曾想过给家里打个电话,让父亲寄些回家的路费。但想到出门时和父亲的争执,他放弃了这个念头。碍于情面,他也没向同学借钱。

在街上流浪了一天,他空着肚子来到西客站,几次想随着人流混过检票口,都被工作人员气愤地拦住。工作人员绝不相信这个面色白净、身背吉他的帅男孩儿会没钱买票。在候车室挨过一个夜晚,他又一次走上街头。又一天过去,他已是饥肠难耐,想到母亲常说的"在家千日好,出门一时难",闻着街旁饭店里飘出的香味,从没受过苦的他使劲咽下自己的口水。

在街边绿地中的长椅上躺了一夜,经过一番思想斗争,他终于下定决心。不能在这个城市停留,要赶快想办法回家。晨曦微露时,他已经背着吉他来到一条繁华大街地下通道的入口处。他找了块小石头当粉笔,在台阶下的平台上简洁地述说了自己的不幸,乞求路人给点路费。写完后,他狠了几次心才跪下来。人穷志短!他心中叹息着。

天光大亮,人渐渐多了。这一天,在形形色色的目光中,他有了度日如年的感觉。没有几个人给他钱,更让他伤心的是,一个同他年龄相仿的潇洒男孩路过时看了他和地上的字迹几眼,轻蔑地从他写下的"乞讨宣言"中踏了过去。中午,一个四十多岁的中年男子坐在通道的台阶旁吃一袋包子,他张口想要两个,却又闭上嘴咽下口水。

黄昏时,他面前只有几张面值可怜的票子。

忽然，一个悦耳的童音在他耳边响起，"姑姑，你看这叔叔多可怜，给他点钱吧！"他羞怯地抬起低垂的头，一个二十多岁的姑娘领着一个七八岁的小女孩儿站在面前。姑娘温和地俯下身子，看了看他，又看看地上模糊的字迹，用轻柔甜美的声音说："你能坐下来吗？"他顺从地挪动跪得疼痛无力的双膝，软软地坐到了地上。姑娘掏出五十元钱，放到他手上，说："这是借你的饭钱，以后有机会别忘了还给我。男儿膝下有黄金，不要轻易放弃自己的尊严。如果会弹背上的吉他，你完全可以用另一种方式得到回家的路费。"姑娘说完，面带微笑地转过身子，拉着女孩儿走了。望着她们的背影，他冰冷的心中涌过一股暖流，回味姑娘的话，惭愧不已。自命不凡的高才生，弹得一手好吉他，精通多种乐器，竟因为几百元的路费成了低三下四的乞丐！他硬撑着站起来，慢慢走上台阶。橘红的夕阳，绚丽的云朵，多么温馨而美丽的傍晚。他心中暗想，明天的太阳会升起新的希望。

那天晚上，他拿着姑娘的钱，走进一家快餐厅，吃了一碗最香的面条，还要了两碗面汤。在北京的街头，孤独的夜里，白天的那个乞丐做了个绮丽的梦，梦中有一片属于他的桃花源，还有一个秀面如花的天使。

当新一天的太阳升起时，他又一次来到让他耻辱的地下通道入口旁。他写下的字迹已让清洁工擦去。依然在那个地方，他挺拔地站着，尽管消瘦了许多，但如在校时一样，淡定自若，怀抱吉他，神情陶醉于变化的吉他曲中。伴着动人心弦的吉他声，他或轻吟浅唱，或放声高歌，成了一个自信的街头艺人。行人不时驻足凝神,微笑默叹,举起手机给他拍照。一天下来,在他脚下的纸盒里,有了比昨天多许多倍的票子。

又一个黄昏来临,他边弹边唱,隐隐地有了强烈的期待。当夕阳再次染红天边的时候,他真的又听到了那个悦耳的童音:"姑姑,叔叔的吉他弹得真好听!"他微笑着抬头,不再惭愧,与姑娘相对,怦然心动,白净的面庞,淡眉细眼,浅浅的笑容,绰约的身姿,好像在很久前,就已经见过了。这个姑娘,就是梦中的那个天使吧。他这样想着,脸上热乎乎的。他要求姑娘停留一会儿,好为她弹一首曲子。姑娘愉悦地驻足,含笑静听。弹完一曲,他拿出五十元钱,放到姑娘手中,说:"这是还你的饭钱。"姑娘执意不收,说:"与听曲的钱抵了。"

仅仅两天,朋友就用动听的吉他声和自信的歌喉换足回家的路费。回家后,他通过努力,在自己长大的城市开了一家乐器店,组建了自己的乐队,并办起音乐班,培养了一大批少年艺术人才,成了城市里的一道风景。几年中,遇到过不少艰难与挫折,但他都能昂首笑对。因为,他牢牢记住了地下通道口一个姑娘让他明白的道理——无论境遇如何,都可以不失尊严,活得有滋有味。

第三辑

久相惜：初心如朝阳

多年后，遥远的澳门，我的学生，或许不能再流畅地背诵《鱼我所欲也》，但"本心"的善种，早已在他心田生根发芽、长叶开花，结出一颗朝阳般的果实。他身边的人，或许比我更能感受到他初心的阳光温暖四射，流溢着缕缕希望的心香。

三个女人一面旗

三个女人是三个小学老师,一个姓张,一个姓李,一个姓胡。

故乡小村,唯一高扬五星红旗的地方是校园。村南大坑边,几间旧教室,一片面积不大的空地。说是校园,其实连围墙也没有。简陋的小学,流水的老师。小学里多是代课老师,干不了几年就离开。安如磐石坚守的,只有这三个女人。

高擎一面红旗的小学,是村里孩子的伊甸园。课间小伙伴们聚在一起花样百出地玩耍,就足够快乐。因为贪玩儿,刚入一年级,张老师就给了我个下马威。

圆脸儿白皮肤的张老师站在黑板前讲课,左手端着打开的课本。我入神地想着课间游戏,满心痴醉地望向窗外。突然啪一声响,一本打开的书拍在我头上。不知何时,张老师站到了我桌前。那一拍,我倒没觉得疼痛,只是小小地受了一惊,自觉在伙伴面前丢了脸。此后虽认真听课,心里却结了疙瘩,课上课下再面对张老师,不再如葵花向阳那般欢喜。

升二年级考试结束,全校师生开大会。五星红旗冉冉升起后,我受到隆重表扬,因为取得了语文数学双百分的成绩。在艳羡的目光中,我仰脸看向空中高扬的红旗,小小的心里装满得意。会后,村里人都知道我考了双百,说我长大肯定有出息。心里的疙瘩解开,面对张老师又换作笑脸。我更愿意去学校,远远望见空中那面红艳艳的旗,便有喜悦和希望冉冉升起。现在想来,得双百受表扬,懵懂的喜悦和希望,乃至学业上一路绿灯顺利通行,或许都离不开初入学时张老师警示我注意听讲的那一拍。

李老师在小学里最年长,矮小,清瘦,戴花镜。小学五年级,五十来岁的她教我们语文。小学阶段唯一的一次春游,是她带我们去的。单薄的小老太太领着一队活泼生动的孩子,从学校出发,穿街过巷,走上长堤,走向镇南边一座大桥。她一边老母鸡护雏儿般领我们前行,一边介绍路边的景物引我们观察。春游回来,她布置写游记。我的游记因用了几个比喻句,得到她的热情赞美,并被她当范文读给同学听。我爱上写作并坚持至今,与那次春游那篇游记不无关系。

小学毕业时我们拍了一寸照,每人一张底片,八张照片。戴花镜的李老师发照片时,笑眯眯看一眼这个的,留下一张;笑眯眯看一眼那个的,又留下一张……照片发完,每人的一寸小照,都有一张留在她那里。她曾带我们去家里玩,她卧室相框里，挤满孩子们稚嫩的脸。我姐姐也是她的学生，不仅一寸照装进她家相框，还掌上明珠般被她认作干女儿。

胡老师高个子，大眼睛，深眼窝，脸色黯。三年级，她用甜美的声音教我们唱《美丽的田野》。她唱歌时一本正经，饱含深情，大眼睛里跳跃着动人的神采。她和村里所有老师一样，教学，也种地，和田野无比亲近。我在田野里玩耍到十来岁，第一次觉得，一年四季生长作物的土地，可以变成动听的音符和优美的旋律。

离开家乡多年，再见胡老师，是在市教育局门外。她头发花白，褶皱黑瘦的脸，眼窝更深，显得更大的眼睛里失了当年教我们唱歌时的神采。全市要清退代课教师，在村小学坚守几十年、已临近退休的她希望教育局领导能给个说法。在我心中神圣了许多年的胡老师，无助得像深秋田野里一棵被收去果实的庄稼。那一天，我的心也褶皱得如胡老师沧桑的脸。后来，胡老师没有被清退，且转为正式编制，退休也能有工资。听到这消息，我伤感褶皱的心才轻松舒展开。

因为三个女人的付出和坚守，小村上空总有热情飘逸的红，憧憬之中总有希望闪亮的星。如今，村里小学早已旧貌换新颜，漂亮围墙里高扬的红旗更加鲜艳，三个女人却都容颜苍老，退休在家。关乎她们的记忆少而琐碎，拼不出完整鲜明的形象。然而，可以肯定，我今日的点滴学识和文化气质，我对故乡的爱恋和眷念，都与她们密切相关。

他曾用心呵护青春

"除了刘老师,学校的老师和建筑,怕是没什么大家熟识的了。"师范的同学相约要回学校看看,一位老兄略带遗憾的话语,让我心中一阵温暖。纵使校园里物事人非,然而还能见到熟识的刘老师。

十几岁在师范学校读书时,刘老师教我们数学,是我们的班主任。他宽额,方脸,粗眉大眼,稀疏的头发略带自来卷。因为平日不苟言笑,常板着脸,让人心生敬畏,虽正值壮年,却显得比同龄人老,所以私下里,我们喊他老刘。

老刘住学校家属区平房,窄小的客厅就是办公室。除了去他家请教问题、交作业,同学们被他约谈,如他家的一日三餐,是家常便饭。师母快说快笑、心灵手巧,家常便饭也做得非常可口。去老刘家赶上饭点,就难免被他强留下品尝师母的好手艺。一来二去,老刘读小学的儿子几乎能准确喊出我们班每个同学的名字。

我被他约谈,也不止一次。毕业那年春天,我和两个女同学去一所偏远的乡村中学实习。白天上课,晚上我们仨挤在一间简陋的宿舍里。一起住校的,只有家在外地的一个体育老师。实习没几天,学校出了一起安全事故,三个少不更事的女孩子内心扎满了恐惧的荆棘。老刘像是长了"顺风耳",出事当天如天将般降落在乡中,把我们接回了师范校园。回到学校,我们仨逐个到老刘家接受约谈。犹记得一向严肃的他面容慈和,话语关切,问我们有没有受惊,告诉我们遇事别怕,俨然一个父亲在安慰心爱的女儿。

毕业离校前,寝室里的八姐妹聊天,有人想解开一个未解之谜,"你们说,去年咱班被抓到的男生女生是谁?"众姐妹摇头。七个姐妹都没想到,那个女生就是我。1989年春末,学校为我们的安全考虑,晚上七八点钟就关大门。那天黄昏,班里一个才华不凡的男生约我到校外马路上散步,聊文学,聊梦想,聊人生,不知不觉就到了晚上九点多钟。心惊胆战敲开紧闭的校门,迎出来的是学校治安主任、我们的语文老师。两个人乖乖地跟他到办公室"受审",我们坦白交代。主任例行公事把我们晚归违纪的事反映到学校领导那里。学校领导责成老刘对我们俩深入调查。我和男生分别被老刘约谈。"我和校长打了保票,说你俩都是品学兼优的学生,绝对不会做出格的事。别有压力,学校不会处理你们,我也会替你们保密,以后出校门早点回来。"

语文课上，治安主任警示同学们不要晚归，说我们班就有一个男生和一个女生被关在了校门外。班里从此多了个不解之谜，同学们始终没猜出男生女生是谁。老刘像什么事都没发生过，他看我的眼神，让我相信自己依然是品学兼优、让他骄傲的好学生。

我和那个男生没有在大会上被学校公开处分，但可以肯定，老刘被扣掉了班级管理分。毕业时，晚归违纪的事也没影响我被评为优秀毕业生。

师范三年，外表严肃内心火热的老刘，不仅重视我们学业的提升、才艺的长进，还保护着我们的人身安全，宽宥着我们犯过的错误，保守着我们各自的秘密，呵护着我们青春的自尊……难怪当时他看上去比同龄人老！老刘一直以我们为骄傲，因为同年级几个班，我们班学风最浓，学业成绩最好，才艺出众的同学最多，师生间也最和谐友好。

如今，老刘早已退休，真正步入了老年。可是，背地里，同学们谁也不肯再喊他老刘，早就开始敬重地称他"刘老师"。不叫老刘，是希望他老得慢一些，我们回校园，永远有个熟识的、见证呵护过我们青春的老师，迎接我们。

初心如朝阳

教师节，接到来自澳门的电话，"老师，节日快乐！我是张军，您还记得吗？"

电话里略带沙哑的男声，召唤出潜藏脑海的一幅画面：一个脸色黝黑的结实男孩儿，气呼呼站在操场边。他横眉怒目，鼓鼓的大眼睛瞪着对面白脸儿高个子的男生。脸色黝黑的男孩儿就是张军。初中入学军训第一天，他和白脸儿男生在操场上扭打成一团，被班主任拉到操场边。

"谢谢你！张军啊，一班的体育健将，长跑比赛，你总一路领先……"我没提他年少时和同学动干戈的糗事，只念叨他运动场上的光辉历史。

"您居然还记得我……"电话那边的声音有些激动，"这些年总想和您联系，可离家远，消息不灵通，直到昨天加入初中班级微信群,才找到您的电话号码……"

他加了我的微信。常和我联系的人中,多了个叫张军的学生。

第一次微信交流,他发来一张图片,放大看,我的新书整齐地列成两排,在手机屏幕上铺展。

"你怎么知道我出了新书?这是哪里搜来的图片?"

"我从您微信相册里发现这本新书的封面,就去当当网搜您的名字,您的两本书都跳出来,可惜另一本已经缺货。您的新书,我一下子买了十本,准备送给老板、同事,让他们知道,我有个多么优秀的语文老师!这是刚收到书拍的照片。"

"你花钱买老师那么多书,老师心疼,回来给你报销。"

"老师的世界没有人懂,学生才心疼。不用您报销,我月薪比您高。"他接着说,自己在澳门一家连锁酒店做销售总监,靠嘴吃饭,这得益于我多年前培养了他很好的表达能力。

微信照片里的张军,挺拔的身姿,麦色的肌肤,俊朗的笑容,清爽的眼神,浑身上下透着阳光和活力。昔日校园里的顽皮少年,如今已是成功的白领。

隔一日,他用微信发来我新书中的句子,"每个想家的孩子心中,都有一份飘香的菜谱。"那是女儿苗苗在远方上大学时的QQ签名,被我引用到文章中。"我也想家了,想我妈做的菜了。"他妈和我一样,居住在河北保定一座小城。"马上就到中秋,我给爸妈寄了不少澳门特产。老师,也给您寄一份,请给我收件地址。"

我赶忙推辞:"你的心意,我已收到!别惦记老师,多给父母寄吧。"

"我或许不是您最优秀的学生,但现在过得很充实、很快乐、很幸福,感谢您当初教我们求真、向善,教我们感恩……世事纷杂,我见识过许多,也经历过许多,但现实再纷扰,也不忘初心。"

闲聊得知,工作之余,他不看电视剧和娱乐片,爱读书,爱看新闻,每遇感人场景,都忍不住落泪。大学毕业初到澳门,遭逢诸多不易,却还热心助人。一个认识没几天的湖南小伙儿花光家里带来的钱,还没找到工作,只剩下七百块钱的张军,分出四百元给了小伙儿。

多年前,朝阳下的教室里,学习不甚出色的他站在窗边,非常流畅地背诵《鱼我所欲也》:"鱼,我所欲也,熊掌,亦我所欲也,二者不可得兼,舍鱼而取熊掌者也……乡为身死而不受,今为宫室之美为之;乡为身死而不受,今为妻妾之奉为之;乡为身死而不受,今为所识穷乏者得我而为之:是亦不可以已乎?此之谓失其本心。"我顺着孟子的思路讲,人性中都有向善的种子,所谓"恻隐之心""羞恶之心""恭敬之心""是非之心","人皆有之"。这种善的天性,就是人的本心。希望同学们以本心为初心,顺着善的天性发展,即使世事纷扰,也能不忘初心。金色的阳光透过窗子,洒在他黝黑发亮的脸上。他眨着一双大眼睛,会意地微笑。

多年来,我一直铭记:教师要把教育的阳光,洒在每个学生的身上、心上。

多年后，遥远的澳门，我的学生或许不能再流畅地背诵《鱼我所欲也》，但"本心"的善种，早已在他心田生根发芽、长叶开花，结出一颗朝阳般的果实。他身边的人，或许比我更能感受到他初心的阳光温暖四射，流溢着缕缕希望的心香。

做一辈子的精神美容师

偶尔浏览微信朋友圈,最怕手机屏幕被广告挤满,那感觉好比本想去格调不俗的花店寻一些闲情雅致,结果误入花花绿绿的杂货铺子。

微信里通过英子的好友申请时,曾有些担心她会不会用招徕美容顾客、推销护肤产品的广告来挤占我的屏幕空间。

担心是多余的。阅读她的微信发言,常常会暗自欣喜。

"如果我们能够勇敢地爱,勇敢地去原谅,能慷慨地因为别人的幸福而快乐,能够聪明地知道我们周围有足够的爱,那么我们就完成其他生灵从未知道的完整。"她几乎每天在微信中摘录这样一两段书中的文字,最后注明作者、文题和书名。

我暗自欣喜,在美容美发店做美容师的女孩儿英子,居然每日挤时间坚持阅读。女孩儿英子，是我几年前教过的一个学生。

几年后，在她服务的店里邂逅。我在一楼理完发，要求把眉毛也修修。店长对着楼上喊一声"英子"，一个娉娉婷婷的女孩儿如风一样来到我面前。身材高挑，发髻高挽，细眉俊眼，清爽利落。她发亮的眼眸含着笑意，看我的眼神流露出惊喜，"您，是王老师吧？老师，您比原来胖些了！"

她的神情话语，让我肯定她是我教过的学生。我笑对着她，有些尴尬，印象中存留的学生模样，一时找不出一个能和她对上号。

她看出我的尴尬，微笑着报上自己的姓名，又补充一句："现在大家都叫我英子。"我默念她的姓名，在记忆中搜寻。模糊记起一个瘦弱的小女生，圆脸庞，大眼睛，成绩不佳。她读初三时我教她语文，只一年。我不做她的班主任，对她的情况知之甚少。

"老师，还记得您除了教我们课本，还爱给我们读课外书报上的好文章，和我们一起写作文，把您发表过的作品印发给我们……"她彬彬有礼地回忆，语调中带着喜欢。

那天，她为我修了眉，又送我几贴美容面膜。临走时结账，她执意不肯收取她的那部分费用。

互加微信后，英子常常在我发朋友圈的内容后点赞评论，我也常常关注英子的阅读摘记：摘记内容多是一句话或一个片段，或励人奋发，或涵养性情，或温慰心灵，读后如敷过一贴精神的面膜，感觉神清气爽。

这些文字,英子的美容顾客也都看到了吧?享受过这美丽女孩儿的外在美容服务,再敷一敷她备下的精神面膜,饮几盅她呈上的心灵鸡汤,由内而外地滋养,生命中会透出更多润泽高雅的美丽气质!

我不知道英子如今爱读好书的习惯和我当年的言传身教有没有一点儿关联,我却满怀欣喜准备在网上购几本好书送她。工作生活读书写作的时光,我会偶发痴想,要做一辈子的精神美容师,即使一厢情愿,也在所不辞,无怨无悔。

善行是最美的童话

那天,我坐在会场的过道边,观摩小学语文教师素养大赛。会场很静,一个质朴无华的小伙子默默地经过我身边。我友好望向他的目光恰好与他温善的目光交汇,两张素昧平生的脸上都浮出善意的微笑。彼时的会场波平浪静,没有谁注意这小小的涟漪,就如没人注意窗外的轻风拂过叶尖。生活中的童话,就从这朵微笑的涟漪开篇。

小伙子是来参赛的。展示才艺时,他高歌一曲《向天再借五百年》后倾情表白,愿意向天再借五百年,继续在教育的热土上奉献。歌本来就煽情,一席话更是惹得人心湖荡漾,泪水潸然。会后,我想方设法找到他的联系方式,与他有了几次长谈。毕业于全国重点大学的他,竟在一个偏远的农村小学任教,包着一个班的小不点儿,语文、数学全教。在校园里，课上课下，他永远是本班和外班孩子们追逐的焦点，因为他的优秀和对孩子们的挚爱。而这流淌不尽的爱，源自他在农村读书时的几任老师。

他在赛场上的出色表现，他朝夕呵护孩子们的美丽花絮，几任老师在他心田曾播下的爱之良种，载着一个美丽的愿望，被我写成一篇文字，发表在一家杂志上。

那篇文字换来的两百元稿费，变成十几本经典的童话，载着我的一份心意飞向几百公里之外的农村小学。几天后，收到了他一连串发过来的短信，"孩子们眼都直了，太有冲击性了！姐姐寄来的，堪比珍贵的教科书了！""很激动，很幸福。我比孩子们幸福！也许他们比我幸福？希望这些书能帮到他们！""这些童话是姐姐的一片心意，孩子们都让我感谢姐姐呢！"

我很希望在一个美丽的日子里，他能够将我写他的文字读给小不点儿们听，希望小不点儿们渐渐明白我文字中所写的——老师脚步迈进的方向，是幸福的方向。这份幸福，来自于老师们身体力行的潜移默化，指向孩子们幼苗承露的茁壮成长。真挚的爱，是一条洪流，源自接受，趋向给予。有爱的路上，如歌流淌的，正是人世间的幸福。

曾经，朋友在报上发过一条消息：一位教育局的驻村帮扶干部发现村里的小学还没有图书室，孩子们缺少课外书，就发微博呼吁社会爱心人士为孩子们捐书。看到这条微博后，四十多名网友自发行动起来，为孩子们捐助了两台电脑和两千多册童话等名著类图书，建起了一座图书室。

一个微笑换来一摞童话书,一条微博建起一座图书室……生活中偶然被吹起的一点点涟漪,经过善行美意的激溅扩散,才能成为一朵朵婀娜多姿的浪花,演绎成一篇篇动人的生活童话。当我们的善行成为习惯,童话就不仅仅是书本上静止的文字,天使就会时时鲜活地行走在人间。

锦绣情怀

小区里，树上的叶褪去青绿的衣，换上各色的裙，在秋风中舞得翩跹。树下的草还保持着清纯秀美的绿模样，似乎还铺展在绿意蓬勃的夏季。各种形状的叶子悠然飘落，草地上开出缤纷的花儿来，黄的、紫的、红的、赭的……别是一番景致。

小区里的植物们，被秋风织成了一幅巨大的、立体的五彩锦绣。锦绣覆盖的，是几月后又一个希望四溢的春天。熙熙攘攘的尘世，一定还有一些人，在深秋飒飒的风里，看不出这美好的锦绣，看不出锦绣覆盖的春天。他们的眼里，是"枯藤老树昏鸦"，是"断肠人在天涯"。

然而，这秋日的锦绣，这锦绣下的春天，二猛的眼里有，心里有。

二猛的名字让人联想到刚从村边河水里探出黝黑脸庞的顽皮小子。二猛应该就是从这样一个乡野间的顽皮小子，长成现在的阳光青年。矫健的身姿，黑红的脸色，安恬的神情，质朴无华的相貌掩不住眼眸里、举止间透出的书香雅气。

二猛说："我不想干什么惊天动地的大事，成为影响一方的人物，只想安静地生活、安静地读书、安静地教书。"

他的生活并非永远地风平浪静。住在乡村的母亲患了脑溢血，在城里教书的他周一到周五忙于语文教学和班主任工作，周五下午放学后坐班车赶回村里伺候生活不能自理的母亲，周一再起大早赶回城里。奔波往返的生活也曾让他眼中含泪心中生悔，因为不能日日在母亲床前尽孝，后悔从乡村调到城里。然而他很快走出生活的围城。工作日，母亲有父亲和哥哥悉心照料，且病情已经稳定，自己既能尽孝又不误教学和班务，虽然辛苦，何尝不是一种历练和考验？这样想通了，他脸上又散射出明媚的阳光。霜降日，正逢周六，因天气连阴，他生起炉火为母亲烤尿湿的棉垫。暖烘烘的炉火映出他给刚出生的女儿烤尿垫的温馨记忆。三十多年前，母亲对自己也是这样温情呵护的吧？联想至此，身边的炉火将他的心烘得无比温暖、无比幸福。

小学和初中，除了课本，二猛没读过一本像样的书，模糊记得一个打打杀杀英雄救美的故事，还忘记了出自哪里。年少时课外阅读的苍白，语文课程标准中培养学生广泛阅读兴趣、扩大阅读面、增加阅读量的建议，让作为小学语文教师的他生出引领孩子们畅游书海的梦想。学校图书馆适合孩子们阅读的书极少，而他薪水微薄，须养家育儿。他硬着头皮走上街头，走向一家又一家店铺的门，以化缘的方式积聚买书的钱。遭过拒绝，挨过白眼，受过奚落。时值深秋，凉风瑟瑟，怀揣乞求来的书款，他心中明媚着一个希望的春天。我国四大古典名著，叶圣陶的《稻草人》，张天翼的《宝葫芦的秘密》，林海音的《城南旧事》……很多适合儿童的优秀图书，他的学生人手一册。在他安静阅读的示范引领下，丰富多彩的阅读陪伴着孩子们幸福成长。

  俄国作家列夫·托尔斯泰的作品《穷人》，揭露了俄国沙皇的黑暗统治，反映了穷苦人民的苦难生活和美好品质。这样的主题，是参考用书和老师们惯常的解读。萧索寒秋，他却引领孩子们感悟穷苦人渔夫和桑娜夫妇的幸福。贫穷、勉强填饱肚子、孩子们没鞋穿……确是穷苦，然而，屋外寒风呼啸，家中却温暖舒适；孩子们都还健康；夫妻勤劳、恩爱；与其他穷苦人互相关爱……温暖是福、健康是福、美德是福……这些幸福的标准，荡涤着孩子们稚嫩的心灵。落叶萧萧的深秋，有着锦绣情怀的二猛，把春天的种子安静播撒在学生们的眼底，心田。他的人生，也因此锦上添花，春意盎然。

葵花朵朵开

想起她,即使是在北方田野一片萧瑟的三九寒冬,眼前也会浮现一片灿烂明艳。朵朵葵花,绽成一张张饱满的笑脸,迎着暖阳,活力无限。

生在乡村长在乡村的她,人到中年依旧生活工作在乡村。爱人常年在外地工作,家中幼子和年迈的公婆都需她照顾,一年两季作物,家中的十亩田地,她也是主要劳力。年年在田里种葵花的她,主要精力在教育的责任田里。乡村学校师资不足,她要教语文,教数学,有时还要兼好几门副科。身材微胖,肤色健康,衣着简朴,置身人群的她并不惹眼。然而只要在孩子们中间,她便化身一颗暖阳,言语微笑,举手投足都流溢着明媚四射的阳光。阳光朗照下,一张张稚嫩的脸庞欢喜地朝向她,宛如一朵朵盛放的葵花,笑意盈盈,生气满满。

　　做老师，她极用心。全市推进课堂教学改革，免不了"走出去""请进来"地向教育专家和名师学习。每次学习，偶尔抬眼一瞥，就可见到她的身影。戴一副眼镜，端端正正坐着，抬头或俯身，专注地听课或做笔记。有时，惊见她左手举一个袖珍摄像机，耳听笔记，还嫌学不透，还要用影像记录。短暂的交流环节，她每每争先站起，并不婉转的粗嗓门，说起话来却热情而不失严谨，实实在在，闪烁着深思的火花儿，句句入耳。

　　她的好学深思，时不时开出成功的小花儿来。学校、乡里组织教研活动，做研究课、示范课的教师里总有她。省地市三级教学论文评选，她关于识字策略的论文，格式规范，内容翔实，策略实用，从众多征文中脱颖而出。一级级送上去，为数不多的获奖者中，竟都有她。

　　她细细研读过2011年修订的《义务教育语文课程标准》，看到课程目标与内容部分，有书写规范、端正、整洁、美观等要求。课堂上，她注目学生本子上歪歪扭扭的字迹，端详自己认真书写却仍略显稚嫩的粉笔字，再回想对照名师们端雅大气的板书，琢磨着"率先垂范"这个词，悄然红了脸。或许就是那一刻，她下定了努力练字的决心。新年第一夜，二十三点十二分，她在QQ空间挂出一句话："把练正楷字当成一种习惯。"这句子下面的图片上，是一张写满正楷字的纸。整整齐齐的两百多个米字格内，每个汉字的一笔一画都清清楚楚，看得出，下了很多功夫。那些笔画拼合起的间架结构，却与美观无缘。

　　从此，每日见她在空间里挂出一两个自勉的句子，诸如"练字也是做事，急中最易出错""再忙也要坚持，努力练习不懈怠""练字还需得法，方法与勤奋同样重要"等等。每日自勉的句子下，都附着一张写满正楷字的纸张图片。最初几月，是米字格练字纸。后来，换成没有米字线的方格纸。最后，又变成没有格子的白纸。纸上所练的字，由单字的成行重复，到小学课本内外的诗词警句、佳作片段，再到教育理论、教学策略，无一不和她的语文教学密切相关。每天句子和图片发出的时间，都是接近深夜。

　　三百六十五天过去，又将迎来新年第一天。二十三点二十三分，新年的钟声敲响之前，她的QQ空间挂出了旧年最后一句话最后一幅练满正楷字的纸。时隔一年，她的字已改头换面，旧貌换新颜。素洁的纸上，一笔一画自然组合的每个汉字都如一朵漂亮的小花儿，绽放着端秀之美。

　　不止一次，和她面对面，听她自信愉悦地述说生活和工作中那些全力付出、用心坚持育出的花朵。她最快乐的，是可以天天做一颗暖阳；她最期望的，是迎着暖阳的孩子们，都如朵朵葵花，每一日都灿烂盛开，生机盎然。

在光阴的巨蚌里育沙成珠

可容纳几百人的大会议室内座无虚席。学员老师在上课,我在第一排观课席上,身边有电脑键盘声噼噼啪啪不停地响,宛如一曲轻快悠长的乐章。

一双有力的大手,十指在笔记本键盘上行云流水般起舞。一个清瘦的侧影,短发被岁月染得花白,眉眼间布着皱纹。端坐在我左侧凝神敲字的人,已不再年轻,1947年出生,比我的父亲还长一岁。

这位老人虽年届七十,精神气质里却透着坚毅韧性、儒雅谦善的魅力。他双目炯炯,时而观察课堂上师生的表现,时而注视大屏幕上的导学文字,时而聚神于面前的笔记本显示屏。一节课四十分钟,他十指不歇,键盘上的旋律不止,音符般的文字跳跃着出现在显示屏上,一行行闪烁而过。

两节课后是他评课。第二个学员老师一下课，他立即端着笔记本电脑坐到台前评课。随着抑扬顿挫的语调，大屏幕上的文字同步呈现。由教程观察，到课例分析，再到教材提炼和新的创意，他对每节课的评点都思路清晰，精要详尽，让人耳目一新，心间豁然。对于每位学员的课例，他在屏幕上出示的评析内容至少也有四五千字，基本的思路框架，是他备课时就打出来的；课堂上即时变化生成的内容和评点文字，是他边听课边打上去的。每个聚精会神观课的四十分钟，他都要用五笔在键盘上盲打两千个左右的汉字。

　　如果不是相临而坐，我很难想象这些文字是如何神兵天降般从他头脑中移到屏幕上的。

　　他是全国语文特级教师余映潮，研读教材、课堂教学、课例评析、指导教研、论文写作，样样都有很深的造诣，早就被誉为"中青年语文教师课堂学艺术研究的领军人物"。他在语文舞台上的光环，如一串串晶莹璀璨的珍珠光华耀眼。

　　很幸运，余老师在我们市里成立了工作室，十几位中小学语文教师成为他的徒弟，我们有了和余老师近距离接触的机会。我有幸切身感受到，余老师的功夫之深，源自于点点滴滴高效利用的漫长工夫。

　　全国各地的教学引领活动，让这个七十岁的老人一年四季东西南北奔波，很多时间在火车上度过。他每学期来我们这里搞一次为期两天的培训。第一次来时，他刚结束石家庄的培训活动。我们市一个青年教师参加了那次培训，回小城的路上与余老师临座乘车。青年教师回来虔敬地说："从石家庄到高碑店,余老师坐在火车上一直对着电脑备课,只有候车的时候,在站台上休息了几分钟。"

余老师每次来培训,独住在宾馆,早晨起来,要备课;晚上睡前,要备课,还要记当天的工作日志。每天上下午的活动,至少要全力以赴工作八九个小时。上下午活动结束后,等待食堂便饭上桌的休息时间,余老师静静地坐在会议室桌前,十指在笔记本键盘上舞蹈奏乐,即时整理活动记录。每天,除了吃饭睡觉,他要工作十几个小时。那天下午,我照例坐在余老师身边观课。上课前,我悄悄问他:"您中午可休息了一会儿?"他敦厚而满足地笑着说:"休息了,六百秒。"再问每节课要备多长时间,他答每次培训要评析的四节课和自己的两节示范课,每节课至少都要备一周时间,有的要备半个月、一个月才满意。

望着他慈父般的笑脸,我想起比余老师小一岁的父亲。因为心肌梗塞,父亲已经三次住院,先后做了支架、搭桥手术,如今在家消闲度日,颐养天年。余老师却一年四季每日忙碌,把知识能力、过程方法、情感态度价值观自然融合的方法,赠予四面八方的后辈和学生。

余老师身上的宝藏,我们毕生发掘不尽。功夫源自工夫,就是他用惜时高效的行动昭示我们的一条成功妙诀。只有沉下心来,在匆匆流逝的时间里勤奋不息,聚沙苦育,光阴的巨蚌才会还我们一颗颗光华耀眼的珍珠。

一歉千金

头顶被霜雪染过的老教授,目光在双手紧捏的纸页上移动。他满脸愧色,庄重地站在讲台上检讨。台下的学生们静静地听他严肃致歉,感情细腻的女生眼里泪花闪动。

老教授已经七十四岁,因为工作尽职、业务水平高,退休后被学校返聘继续教授文学院的课程。几天前,他因为看错了课表,没有按时给学生上课,直到文学院领导通知,才发觉了自己的疏忽。失误已成现实,他没有狡辩,也没有置之不理,而是认认真真起草了一份五六百字的检讨书,题为"终点线上的失败者"。

他说,自己从教五十年,把上课作为铁的纪律,雷打不动地要求自己。上课是教员的职责和义务,也是教员的光荣。上课是教师工作的底线,教师就应按时上课,而且要倾注心血把每堂课上好。

"我恰恰在底线上陷落了,何况我曾经是研究生教学的督导员,曾经是检查各位教师上课情况的人,今天自己却旷课了,何止羞愧!"

他说,自己从教五十年从没出现过这种低级错误,刚退休就出现了,是因为退休让自己松懈,工作责任心上存在着隐患。他自请处分:将自己的检讨在文学院公布,扣除自己在文学院的全部劳务津贴。

他的检讨,字字虔诚,句句发自肺腑。看着与他有关的新闻,我联想到学生们检讨的情形。

二十年的中小学教学生涯,面对学生的违纪行为,我曾多次罚学生检讨,先规定字数责写检讨书令其悔过,再让其于众目睽睽之下在班上宣读。无论是几百字还是上千字,孩子们的检讨从写到读,多是面不改色,估计心也没跳,情未动于衷,只是走了程式化的过场。

离开学校,偶尔听到有孩子和家长抱怨:有的老师也迟到过,也骂过街打过人,为什么他们自己违反纪律不认错,学生犯了错就不依不饶没完没了?朋友读小学的儿子一向乖巧温顺,因一件小事被老师冤枉,挨批时不服气,竟和老师顶了嘴。老师请朋友到学校,朋友在老师面前打了儿子。回家后朋友让儿子给老师写道歉信,孩子声泪俱下不肯写,"我和老师顶嘴是不对,可老师先冤枉我的,她怎么不给我写道歉信?"

人非圣贤,孰能无过?工作生活之中,为人师者也难免疏忽大意，犯些小错，更何况学校里的学生、尘世里的凡夫俗子？有了小疏忽小过失，有多少人能真正地反省自己，郑重其事地表达愧意？又有多少人因小节不悔犯大疏忽大过失？追根溯源，或许与所受的教育不无关系。为人师长率先垂范，在对待自身疏忽过失的问题上，像老教授那样深刻自省，诚致歉意，惩己警人，防微杜渐，以儆效尤。传承一种勇于悔过敢于负责的态度，与教人诚信同等难能可贵。都知一诺千金，也须知一歉千金。

落座须怀虔敬心

深秋的那个下午,大会议室里座无虚席。一排排座位上的听众多注目凝神,聚焦于台上的儒雅长者。

突然响起的手机铃声从某个座位向四围辐射,噪音如箭,一拨儿一拨儿,射中室内每一只耳朵。来电的彩铃声,接到短信的提示音,拍照的咔嗒声,再加上接打电话的低语,一声刚平,一声又起。

长者的讲座没有片刻间断,准时开始,准时结束。热烈的掌声中,长者谦和有礼地离开,赶火车奔赴下一个讲座地点。

在座的听者或许不知道,为了邀请这位长者,一年前就开始联系。他太忙了,全国各地的讲座活动排满了他的日程。这位国内最著名的语文特级教师能来小城,机会实在难得。

为了上午的三节语文课和下午的讲座，奔波忙碌之余，他几个月前就开始做准备。前一天下午，他从省会赶过来，除了站台上等车的几分钟，坐在火车上，他一直在专心备课。黄昏到小城，匆匆吃过晚饭，到了宾馆，又开始研读教材、调整教学设计、充实讲座内容。而他那时已年近七旬，上午三节课的教学，在讲台与学生间或站立或行移；下午两个多小时的讲座进行中，一口水都顾不上喝。

　　在座的听者肯定不知道，前一天布置整理会场，我和同事们忙碌了整整一上午。为了让尽可能多的人近距离向名家观摩学习，几十张沉重的长条桌被男士们抬出去，整齐地码放在楼道里。会议室的地板久未打扫，几位女士一把一把挪移着椅子，用笤帚清走每块地板砖上的垃圾，又用拖布擦净积存的灰尘。大会议室内原有的座椅，加上临时从小会议室搬来的座椅，横成排，竖成列，一一计数，总计二百五十七把。这些座椅已个把月没人坐，蓝色的粗布面上可见长短不一的发丝，也积着看不见的灰尘。我从办公室取来一块洁净的毛巾，端一盆清水，为这些座椅净身。一把，一把，一排，一排，清除发丝，抹去灰尘，为了座上的每一位听众，我满心虔诚地重复着琐碎的动作。涮毛巾的清水一次次变混浊，手中的湿毛巾抚过每一把椅子。

　　长者离开后，座间的领导到前面总结，提到手机乱响的细节，神色严峻地发了火。他说，以后自己听课，若有类似情形，定将手机摔碎。他的话，足够严厉。

　　不久后的又一次培训会，又是座无虚席。台上滔滔不绝，台下聚精会神，全默不作声。座前桌子上，一个个一次性纸杯里，白开水冒着热气。因为这许多纸杯中的热气，初冬略显清冷的会场洋溢着别样的温情。领导几次嘱咐大家从四面八方赶来听课不容易，家在偏远乡村的得坐一个多小时汽车，要安排服务人员给大家倒水。培训结束，收拾会议室，很多纸杯中的白开水却没喝净，有的居然还满着。这自然给清理会场的人添出许多麻烦，不仅浪费几壶开水，也难免拂了一片关切之意。

时光漫漫，人生落座的机会，不仅在课堂、在会场。一次次落座的瞬间，我们能否怀一颗虔敬之心，感恩面前身后的那些人，适时将手机调成静音，尊重身下洁净的座椅，喝空杯中温热的开水，用细微小节书写一个文明有礼的大气之人？

请给予一些美好的种子

五一的苏州，人潮汹涌。景区内外，一队队，一丛丛，一簇簇，几乎全是游人。我也夹在游人中间，上午游完拙政园和狮子林，中午坐在狮子林旁一家店铺外，边等出租车边休息。

近旁，也有三三两两坐着的游人。一高一矮、清爽洁净的两个大男孩停在我面前。高个子男孩俯下身子，一手拿笔，一手捏一张印有文字的 A4 纸说："阿姨，我们是上海电力学院的学生，利用假期做个调查，能不能耽误您几分钟，填一份调查问卷？"说这话时，他声音里透着些许羞怯，微笑的脸上挂着几丝腼腆。

我欣然应允，接过男孩递过来的笔和纸。A4 纸上的调查问卷是关于园林保护的，十来个问题，每个问题下附几个选项。问题与选项表达皆简洁,答案多是单选,只需在认可选项前打对勾即可。完成这份问卷,我只用了两三分钟时间。我热情地把笔和纸递还高个子男孩,两个男孩笑容灿烂,一起道谢,很有教养。

不打扰行走站立的人,也可见两个男孩的教养。他们走向我身边坐着的游人,仍是高个子男孩拿着纸笔,俯身微笑地探问。游人没说话,回以一张冷漠的脸,一只摇摆的手。两个男孩再往前走,面对的又是一张无动于衷的脸,一只拒绝的手。

女儿在电话里描述过的她参加家庭金融调查的情景,像电影镜头般浮出记忆的海面。大二结束后的暑假,女儿参加了学校组织的家庭金融经济入户调查。她和同学顶着炎阳,迎着酷暑,奔波在陌生的都市。有几次被冷言冷语拒之门外,女儿沮丧地给我打来电话,述说他们的失落和茫然。

苏州遇到的两个男孩、参加金融调查时的女儿和同学,初入社会实践时,满怀壮志,带着美好憧憬的心。种瓜种豆,种桃种李种春风,都易丰收。冷漠被拒的际遇,若种子般撒进他们心田,发了芽生了根,会结出怎样的果子?

孩子们对社会美好的向往,从小就伴着对未知的怯意。一位阿姨的博士女儿刚上小学时,新奇而兴奋,却又害怕挨邻家大孩子欺负,放学后常爬到树上等爸妈下班回家。阿姨除了给女儿讲明爬树危险、近邻胜远亲的道理,还悄悄去左邻右舍家,请各家父母告诉大孩子善待自己的女儿。邻居的孩子从此与她女儿友好相处,女儿再不爬树,因此有了更加幸福的童年。

　　与美好期望相伴的怯意，即使走出校门时也并未消失。还记得我踌躇满志参加教育工作的第一天，因为不知如何开始与陌生同事交往，羞赧地在校门外路上徘徊一会儿，才鼓起勇气走进校门。

　　在社会某个角落，与大大小小怀抱美好愿望的孩子相遇，千万不要漠然，请以热情的微笑和友善的言行消除他们的畏惧，给予理解、鼓励和帮助。你的善举将成为一颗颗美好的种子，在他们的心田发芽生根，长叶开花，结出香甜的果实，结出更多美好的种子。

助力成长，天使在歌唱

"今日写了一万七千字，畅快！"

"一本小说书稿杀青！"

这两条消息，是瀑布周末发在微信朋友圈的。遥想远方的重庆，两个休息日，瀑布又坐在电脑前，十指舞蹈着在键盘上歌唱。

点开瀑布的微信相册，封面上红衣明艳的美女子，卷发及腰，似一帘乌瀑，微仰的脸盛放，凝眸笑对右手轻拈的一朵白玉兰。她面前，无数朵白鹤翩翩欲飞。这美女子便是瀑布。拈花微笑的瞬间，灵感的花朵定又如瀑布般从她头脑飞落指尖。

"每一个天使在诞生的时候，都没有翅膀。他们要走过无数的风风雨雨，越过无数的坎坎坷坷，历经给予幸福、体验幸福的艰辛历程，才能长出一对丰满的羽翼，飞向幸福的天堂……"这段生动而蕴含哲理的文字，出自瀑布童话《天使的羽翼》。

虽然，瀑布已连续两年获得冰心儿童文学奖，但可别以为她是个专职作家。她的职业是语文教师，周而复始地教着一届又一届学生。作为一个有责任的教育者，从宁静山村的贫困小学，到繁华都市的示范初中，瀑布一直在三尺讲台和儿童文学的天地间默默耕耘。她用清脆悦耳的声音，用优美灵动的文字，一路轻吟浅唱，付出着艰辛，给予着关爱，成就着学生，感动着读者，收获着幸福。如今，瀑布就像一位羽翼丰满的天使，将真美与善良的花种，撒入孩子与成人的心田。倾听着她的歌唱，心灵啜饮着纯净之水，精神沐浴着人性的阳光，坚信这世界，会溢满爱与美的花香。

瀑布的童话中，有许多美丽的天使，在诗情画意的故事里飞翔，给弱者以援助，给孤独以慰藉，给冷漠以感化，给虚妄以指引……

《守墓老人和牧羊犬》一波三折，感人肺腑。善良的守墓老人二十年如一日，安抚着坟地里的魂灵。他从幽灵的对话中得知，子夜时分敲醒沉睡的魂灵并与之聊天，聊魂灵生前的往事，就会使魂灵身体变暖，恢复心跳和笑容，眼睛焕发光彩而重返人间，而自己却要失去生命。于是，每到子夜时分，他就敲醒小山菊的魂灵，陪她回忆往事，听她聊家门前的小河、河里的游鱼、跟随姥姥洗衣的乐趣……被他收养的牧羊犬得知老人舍命唤醒山菊的秘密，开始想阻止老人，最终被老人感动而孤独地守着墓地。阴风惨惨的墓地，因为老人的同情心和救助弱小之举，因为小山菊的天真、可爱与善良，因为一只小狗的忠诚与仁义，有了人世的温暖和阳光。

《紫薇花下》写一位老伴离世、女儿和外孙女远在异国的老奶奶，在破旧校园中守着老伴种下的紫薇花树。花谢花又开，老奶奶一年年翻晒着箱里的旧物，翻晒着幸福的往事，也翻晒着孤独与期望。梦一般美丽的紫薇花下，似真似幻的镜头间，遥远的对话里，回荡着空巢老人对团圆与幸福的殷殷呼唤。

《与狼共月》里，失去猎人丈夫的母亲与失去公狼的母狼本来冤家路窄，却因女主人悲天悯人的大爱情怀和母狼的仁厚感恩之举，成就了人狼互助感天泣地的童话。《玻璃小妖》中内心冰冷的玻璃小妖，喜欢把别人罩在自己的玻璃肚子中，却最终被青蛙迪可和朋友们的真挚友谊所感化，摒弃冷漠，拥有了一颗温暖的心。《戴博士帽的吉尔狗》则揭示了这样一个道理：渊博不能靠侥幸和虚妄获得，需要脚踏实地，刻苦勤奋……

瀑布不仅写童话，也写小说。小说情节多撷取自她的教育生活。假日的校园，黄桷树下，瀑布遇到一脸忧郁的初一新生娟儿。经她关切问询，娟儿流着泪递上给父母写了一半的信。娟儿的父母打工在外，三年未归。当别的同学假日回家与父母团聚时，娟儿却在空寂的校园里伤心、落泪……孤独的娟儿，信里满是对父母的不满和怨恨。瀑布耐心地与娟儿长谈，谈娟儿的父母外出打工的无奈和艰辛，谈父母对娟儿的思念和对全家团聚的渴盼,教孩子理解和换位思考……这个真实的细节,被她写进心灵成长小说里。

扎根校园二十多年,课堂内外与孩子们朝夕共处,瀑布用爱解读着孩子们的心灵。成长的烦恼与忧伤、困顿与彷徨、叛逆与回归……青春路上的种种问题,都被她写进故事。小说中的人物和故事原型,很多是她关爱过的学生,他们来自城乡的各个角落,或留守,或家贫,或单亲,或智障……然而这些孩子身上,最终都洋溢着青春的热情与阳光,迸射出希望和向上的力量。故事中的人物、情节和场景,读来有似曾相识之感,无论孩子还是教师、家长,都会在这些故事中找到自己,从而反思得失,获得心灵上的慰藉。

进城复读的贫穷山里娃华艳林,被取绰号"花鲜艳"。送他绰号的城市女生黄佩,被他戏称"惠普小姐"。面对学习压力和班级荣誉,他和惠普小姐展开一系列戏剧性冲突。随着艺术节演出结束,爱调侃的"惠普小姐"乐于助人的侠骨柔肠已深深打动"花鲜艳",两个人化"干戈"为"玉帛"。为拥有一条雪花牛仔裤,在"惠普小姐"帮助下,"花鲜艳"靠收集废品挣得五百元钱。然而,他日思夜想的牛仔裤变成母亲的新毛衣、父亲的新皮鞋和"惠普小姐"的全彩笔记本。瀑布小说中的许多故事情节,都如《我叫花鲜艳》的情节一样,在轻松幽默中展开,经山重水复,至峰回路转,终柳暗花明。

《十月枯荷》写孝顺懂事的谷子因帮父亲挖藕经常迟到,班主任雷大炮惩罚过他,漠视过他。讲公开课时,他被低头窜进教室的谷子绊倒在二十多个听课老师面前。谷子在天黑前拼好雷大炮撕碎的书，回家面对的是奶奶的后事、爸爸的病倒、挖不完的藕……了解实情的雷大炮热情相助，解了谷子家的燃眉之急，让谷子从此早早到校。雷大炮说话雷声震天响，爱瞪眼睛，讲课张牙舞爪，唾沫横飞。这位与完美老师差之千里的班主任，却深藏一颗柔软温暖、深爱学生的热心。他的心，不正像十月枯荷下深埋淤泥中的雪白莲藕？这位个性鲜明的班主任形象，让人联想到现实中的老师们，想他们这样那样的不完美，让小读者理解他们那颗莲藕般的师心。

与青春相关的爱与友善、同情与宽容、呼唤与期待、奋斗与希望，是瀑布童话和小说作品的主题曲。瀑布借用歌唱的文字，一贯保持着轻盈柔美的风格，词汇丰富，音韵和谐。她作品中创造的环境，充满鸟语花香，诗情画意：七彩的风铃花、洁白的玉兰花、金色的黄花槐、红色的三角梅、紫色的鸢尾花、梦幻的紫薇花、飘飞的芦苇花……大自然里的万紫千红，多姿多彩地绽放，为唯美的主题曲翩翩伴舞。

"所有的窗户都被打开，所有的世界都被温暖，所有的心扉都被呵护，只要我们愿意捧出一颗真诚的心，女巫也会变成美丽的精灵……""幸福像花儿一样，只有别人快乐了，花儿才能幸福地开放……"读瀑布的作品，宛如倾听天使的歌唱。在优美的意境中，不知不觉，被跌宕的情节吸引，被鲜活的人物感染，会解开心中困惑，化解情感难题，坚定前进的方向，增添向上的力量。她真情洋溢的作品，如清泉，似阳光，若花种，蕴含着润泽心灵，助力成长的力量。无论是孩子还是教师、家长，都会在阅读中潜移默化地受到感染、成长、成熟、向善向美，心灵变得轻盈柔软，温暖明亮。

牵住她的手,画出幸福的圆

橘红的夕阳静止成天边的圆。一个女孩儿牵着她的手,围着她快乐旋转。她也站在原地转动着身子,一脸慈爱。一大一小组成一支大圆规,以她为圆心在画着温馨和美的图案。远远看着操场上这幅画面,春晓却伤感得像只断翅的小鸟。那时春晓上小学三年级,她刚成为春晓的语文老师和班主任。围她转圈儿的女孩儿是春晓的同学。

课下,同学们叽叽喳喳围着她,她仍是圆心。站在同学围成的圈子外,望着她晴和的笑容和温情的举止,春晓自卑落寞的童心,会生出非分之想。

她第一次布置作文,春晓就表达了自己的愿望和不幸——希望有个像她一样的妈妈,亲切地拉自己在风中画圆。妈妈患病离世,丢下春晓和蹬三轮的哑巴爸爸相依为命。

作文交上去的第二天黄昏，她就去了春晓那个简陋的家。爸爸呜呜哇哇比比画画，她终日含笑的眼里闪出晶莹的泪花。

课间，春晓坐在桌前写作业。许多课间春晓都是这样度过，不玩，不闹，安安静静写作业或看书。因为学习时春晓会忘记不幸，找到些许快乐。两个调皮男生怪腔怪调喊春晓名字，春晓低头不理睬。他们坏笑，"没妈的孩子不说话，蹬三轮的孩子学哑巴……"他们的声音突然停住，春晓抬起愤怒的泪眼，不知何时她站在了两个男生身后。她狠狠斥走两个男生，走过来轻抚春晓的肩，"别哭，谁再敢欺负你，我饶不了他。"她的安慰，让春晓心中涌过一股暖流。

她第二次到春晓家，带了许多好吃的零食。她微笑着和春晓爸爸谈话："我只有一个儿子，所以特别喜欢女儿，儿子上了大学，我真有些寂寞。春晓聪明好学又文静懂事，我想认她做干女儿。"没等爸爸有什么反应，春晓就连连点头，"我愿意！"

从此，课余时间，春晓喊她干妈。受气的灰姑娘变成得到幸福的白雪公主，再也没人欺负春晓。牵着她的手围她转圈儿，也由梦想变成现实。

似乎是上天对哑巴爸爸的补偿，春晓从小就口齿清楚，声音动听。她成为干妈之后，再上音乐课，春晓开始自信地放开喉咙。音乐老师说，原来春晓竟是只藏而不露的小百灵。学校再举行文艺活动，舞台上就有了春晓的身影。在她的掌声和鼓励的目光中，春晓的音乐细胞迅速繁生，歌声越发清亮甜美。

　　四年级下学期，春晓参加市艺术节得了声乐组一等奖。艺术节上，春晓被一个男孩儿指下曼妙的钢琴声陶醉了。当春晓把获奖证书捧给她时，充满艳羡地提到那美妙的钢琴声。没过几天，她就领春晓去见一位钢琴老师。坐在钢琴前，春晓第一次注意自己有着修长而灵巧的手指。以前做梦都没想过，哑巴的女儿，一个没妈的孩子，竟可以奢侈地学钢琴。那钢琴老师是她高中同学，每月只象征性收春晓几十元钱。这几十元钱成了她每月必支出的费用。爸爸塞钱给她，她坚决不要，让爸爸拿那钱给春晓买营养品补身体。

　　每周五晚上七点至八点是春晓的琴课，整整一小时，她静静坐在旁边，微笑着等待春晓在老师指导下把一个个生疏的音符合成流畅动听的乐曲。学完琴，她就带春晓回她家，和她睡一张床，让干爸睡别的房间。入睡前，她给春晓讲诗词，讲历史，讲她自身的经历，讲一个人年少时就该有美丽的梦想。每周五，是春晓最幸福的日子。那一天，春晓感觉自己和有妈的孩子没两样，甚至比有妈的孩子还要幸福。

　　爸爸没钱买钢琴，她就带春晓到学校音乐室练琴，那里有架旧钢琴，春晓一直弹到高中毕业。

　　学琴半年后，她去几百里外的中央音乐学院给春晓报了名。春晓要考级了。寒假，天冷得出奇，正值春运高峰。她带春晓到火车站，买了站票却上不去车，车上人挨人、人挤人，零星下来一些旅客，车门就关上了，把她们和一大群旅客关在车外。她流着泪向工作人员请求，说孩子不能误了考试。从没见她那么低声下气地求过人,春晓热热的泪不听话地落在冰冷的站台上。开车前两分钟,列车长终于特许她们俩上车,插脚在过道的人堆里。

春晓从中央音乐学院考场内走出,冷风中站着一大片衣着华贵的家长。熟悉的声音在人群中响起,"春晓,我在这儿。"她站在人群中笑望春晓,像欢迎凯旋的将军。她身体单薄,衣着朴素,春晓却感觉她是冬日里像太阳一样温暖的圆心,离开她,自己会失去奋斗的勇气。

初二开始学物理。为激发春晓的学习兴趣,国庆节她带春晓去了北京科技馆。可玩的项目太多,好多项目又需要排队。为了让春晓多玩多体验,她一次又一次排到长长的队伍后面,让春晓先去玩别的。她在太空椅前排队时,春晓去看机器人舞剑,看完回去,她只排到队伍中间,春晓又跑向别处。第二次回去,队前不见她的身影,原来她排到前面时春晓还没回去,她只得重新排队。她如此耐心地等待,只为让春晓体验一下在太空失重的感觉。

在科技馆三楼,她排队时春晓迷路了。她长久等不到春晓又不敢离开,只得借路过的旅游团的喇叭站在原地焦急呼喊。春晓闻声跑向她,不谙世事地尴尬笑着。她一下把春晓搂到怀里,泪水横飞。

她善待不幸女孩儿的好心赢来的并不全是赞声,连春晓都会偶尔听到些闲言碎语。那天去她家,刚到门外,就听到一个邻居在屋内唠叨:"用不着像对亲生女儿那样对春晓。管亲兄弟亲姐妹的孩子都不一定落个好名声,何况她只是干女儿，连个亲妈都没有，爸爸又是哑巴，这样的孩子，短调教呢。"春晓的心提起来，疼得厉害，刚要转身往回跑，她的声音响起来，"春晓虽命苦，却是有教养的孩子，对她好值得。"听着她的话，春晓提着的心落下去暖起来，直到两线热流涌向眼底。春晓心中再次浮起一句誓言："我一定要让您因我而骄傲而幸福！"

为这句誓言，学习上，春晓践行着祖逖的闻鸡起舞；练钢琴，春晓以朗朗为榜样锲而不舍持之以恒。中考前，春晓的钢琴水平已顺利通过九级测试。

高三下学期，春晓心中的誓言却模糊了。那次放月假，春晓在她家住了一天。她忙忙碌碌地照顾春晓，笑得合不拢嘴。春晓要返校时，她脸上的阳光消失了，满脸皱纹间藏着让春晓陌生的阴云。她盯着春晓胸前漂亮的 MP4，张了几次嘴，终于开口了："春晓，缺钱就说话，可不能随便拿别人的钱。"听到这句莫名其妙的话，敏感的春晓第一次对她放大嗓门喊："我再穷，也不会拿别人的钱！这 MP4 是同学借给我听的！"春晓突然想到那个邻居关于自己短调教的话，没弄清缘由，就放下她给准备的一大包吃的用的逃开了。那天她没有对春晓说，她的一千元钱不见了。

临近高考的日子空前紧张，春晓拼命复习，在一次次模拟测试中麻木自己受伤的心。干妈竟不信任自己，春晓开始怀疑自己的努力是否一定要为了她的幸福和骄傲。高考前再没去她家，她也没像以往每周一次到学校看春晓。春晓的态度一定让她伤心了。

春晓拿到了省重点大学钢琴专业的录取通知。那天回母校，在校门口看到一个熟悉的身影，她正站在光荣榜前对着春晓的照片定定地出神。是她，春晓停下来，没有温度地喊了声"干妈"。她强作微笑拉起春晓的手，眼神和手心传递着她心头的失落。

哑巴爸爸拿出零零散散的存折，勉强凑足春晓的学费。她来了，包里装个鼓鼓的信封。她说，在外面上学不容易，多带点钱。春晓执意不收，她固执地把钱留下。

进入大学后，春晓利用课余时间到钢琴城教学生，挣的钱足够学习和生活的费用。偶尔，春晓还会把富余的钱寄回去，给爸爸，给她。两个月后，她突然从居住的小城跑到春晓学校。说明来由的时候，泪在她眼里打转儿。原来，春晓放月假那天她刚好支回一千元钱，忙碌间认为钱放在了平常放钱的抽屉里，想给春晓买点营养品，却发现抽屉里没钱。她看到春晓胸前的MP4，想到邻居们常说的那些闲言，真的怀疑春晓拿了钱，而春晓的态度也着实伤了她的心。来学校前一天她翻弄书橱时却发现钱夹在一本书里。她因为冤枉了春晓自责得一夜没合眼，天一亮就跑到学校来求春晓原谅，"春晓，干妈不是心疼那点钱，是担心你学坏……"

春晓流着泪说："我发誓，一生一世，我都不会学坏，为了您。"泪光中，春晓看到她憔悴的脸上被泪水打湿的笑容，那笑容里，有愧意，有骄傲，有幸福。

每次从大学回家，春晓都要去看她陪她。五一长假，春晓又住到她那儿。午休后醒来，她捧着一只碗送到春晓面前，里面是刚煮好的冰糖鸭梨汤。十几年前第一次住到她家,她就给春晓煮了这样一碗汤。数不清,她曾多少次重复了这个递梨汤的动作。小时候,春晓落下个小毛病,一着凉就咳嗽。邻居告诉她,冰糖鸭梨汤是一剂偏方。

这么多年,她似乎一直盛了梨汤一样温润的爱,在原地等春晓。就像多年前春晓牵着她的手转圈时一样,她稳稳地坚守圆心,让春晓以从短到长的半径,幸福地画着人生各种美丽的圆。

第四辑
偶相遇：给人生加一道花的篱笆

　　白驹过隙，忙忙碌碌间，除了至亲好友，我们很难走进更多人生命的院落，也难以邀请更多人走进我们生命的居所。然而，作为世间众生，我们却可以以美好的情趣，以温暖的善意，以热爱和执着等，为生命加一道花的篱笆，让路过我们生命的人，分享一片明丽，一缕心香。

疏星闪亮，满月金黄

晚上下楼散步，仰望头顶的夜空，疏星眨眼，闪闪发亮，转脸向东，两栋高楼间，一颗明星耀眼，一轮满月金黄。虽还是早春，天气清寒，但有这星月同辉的夜色可赏，再想想婆婆头上那顶陌生的帽子，依然觉得春意融融，美好温暖。

姐姐、姐夫带婆婆出游。春风料峭，姐姐搀扶着婆婆在风中走，遇到一个戴帽子的中年女人。女人看一眼婆婆风中扬起的白发，走上前热情搭话，问婆婆这么大年纪出门怎么忘记戴帽子。那素不相识的女人摘下自己的帽子，执意给婆婆戴上，并说自己穿得暖和，家中还有一顶帽子可戴。

看到这样的开头，或许又会有朋友问我："网络中负面消息铺天盖地，为什么你文字中的景和人总如此美好温暖？"

我也和大家一样，不止一次见识过难堪，感到过心寒。

只说去故乡祭奠三姨那天，北风里，长堤外，一片片生产生活垃圾丑陋不堪，颠覆了我对故乡田园的美好记忆。坐弟弟的车回城，在我住的小区门口下车时，不慎将放于车座上的手机蹭落在马路边，我却浑然不知。待发觉后回去找，不过片刻工夫，可寻遍路边也未看到。借了门卫师傅的手机打电话给弟弟，手机并不在车上。拨出自己的电话号码，竟然已关机。一遍遍重播，电话一直关机。确定手机被人捡去了，而且那捡到手机的人，绝没有归还失主的意思。想到高至几百元的话费余额，并联想起电视节目中用别人手机号码诈骗的镜头，慌忙打车去移动营业厅，办理了挂失手续，及时更换了新卡。所谓挂失，其实是永远失去。本就是寒冬腊月，再加上思念亲人、手机被他人据为己有，便觉得那一天冷风逼人，冰冷刺骨。

可是，尽管网络中的负面消息铺天盖地，尽管现实有时也对我无情让我寒心，凭着耳闻亲历，我仍然坚信，这尘世从不乏美好和温暖。

国庆假日与爱人去山西大同游玩，跟着导航直奔预订的酒店。一个六旬开外的健壮保安扯着嗓门儿在酒店门外指挥顾客停车。爱人想将车辆开进酒店后院的停车场，便让我打开车窗，招呼保安打开通往后院的栅栏门。那保安一脸严肃，边摆手边高喊："满了满了！进不去了！"我冲他嘟囔："院里没车位你嚷什么？好像要吵架似的。"他听到，依然高声反驳："我怎么会和你吵？我说话就这嗓门儿。"他指着车辆间一个窄小的空隙喊："只有一个车位，地方小了些，我给你们看着开进去。"他仍是一脸严肃,用了吵架般的高嗓门儿,精准地指挥爱人把车稳妥开进两车间的空隙停好。大半天赶路,早已疲惫困倦,我们急着到酒店内去登记。只走出几步,保安在后面一声高喊:"把车窗关好再进去!"回头,刚才和他说话时摇下的车窗确实没关,我的手机和钱包就在座位上。

　　大同两日,观览吃饭都极其愉快,这要感谢那说话如吵架的保安,他耐心详尽向我们介绍的当地美食游览攻略,远胜于网上百度到的那些。这健壮热心的保安师傅虽然面容严肃,嗓门儿不动听,却让我们在陌生的城市领略了美好和温暖。

　　摘下自己帽子戴在婆婆头上的中年女人、高嗓门热心肠的六旬保安,还有过去未来以及正被我们见到或听闻的美好而温暖的人,如闪亮的星星,金黄的明月,不在我们的头顶,就在另一方天空,悦目赏心,光华永在。

　　我愿意用文字折射美好温暖之光,在尘世心田播撒融融春意。

　　我更愿意身处其中,哪怕只做一弯如眉初月,或者一颗不起眼的小星。

在危崖上邂逅

到四川绵阳开会,顺便去登当地的豆圌山。这山名听来陌生,又似曾熟悉。在哪里听过见过呢?

快近顶峰时,看到"圌岭飞渡,奇峰奇人"的宣传图画,才恍然忆起:豆圌山,这确是曾听到过的山名,在中央电视台的节目中。

节目中的"奇人"杨海平,不仅铁索飞渡的表演绝技让人震撼,育儿成才的传奇经历更是深深打动了观众的心。为了儿子受到良好的教育,他无数次走上让师兄跌得粉身碎骨的铁索;为了改正儿子不思学业吃喝玩乐的劣习,雪花飘飞的严冬,他强忍眼泪将儿子赶上让人心惊胆寒的铁索……刻骨铭心的生死体验,让儿子理解了父亲供自己读书的艰辛,彻底改掉恶习,咬牙渡过一道道难关,终以优异成绩考入理想的大学。

节目过后,我含泪写下一篇亲情文字《爸爸,让我走走您的"天路"》。那富有神奇色彩的山名在泪眼中变得模糊,"奇人"父亲杨海平的形象却清晰印在了心海中。从那时起,对模糊了名字的远山上的"飞人"父亲,多了一份感动和牵挂。

汶川地震时,望着电视荧屏上的惨痛画面,深深地担忧,默默地祈祷。铁索上的"飞人"父亲,回头成才的"浪子",地震中可安好?一次次在百度中打入"铁索飞人"几个字,想了解"飞人"父子在地震中的情况,一次次失望。直到有一天,百度到一条最新的消息:地震时,山峦崩裂,铁索无存,让人欣慰的是,"飞人"表演完一场正在悬崖顶上休息,幸免于劫难。之后陆续看到几幅图片,杨海平老人清理着自家倒塌的房屋,望着满目凄凉的山崖,盼望着家乡重建……泪珠无声地滴下,伴着因一位老人而生的牵念、释然、伤感、祝福……

汶川地震几年后到四川峨眉山游玩,又想起杨海平老人,不知因他而更奇的那座山距离峨眉有多远,不知他是否还在危崖间表演飞渡的绝技,于是追上导游殷切地询问。导游说起"飞人",一脸的温情和自豪,"杨老伯现在很好,他依然在铁索上表演,儿子已经大学毕业,做了某公司的营销总监,女儿杨力已成为飞渡绝技的传人。"

想不到,机缘巧合,竟在豆圌山顶峰的危崖上和"飞人"父女邂逅了!"在两座险峰之间,云雾缭绕之中,一个白发白须、穿红衣的身影颤颤巍巍地在两根铁索间辗转腾挪，时而张开双臂单腿独立在下面的铁索上；时而双脚倒钩住上面的铁索，整个身体倒悬在空中；时而如老鹰扑食突然来个鹞子翻身……"几年前出现在电视屏幕上的镜头，竟变成眼前的实景。我如当年儿子看"飞人"父亲表演时一样，攥紧了拳头，捏着一大把冷汗，心随着他的每一个动作，一次次被高高抛起，又突然降落。他的年纪和我父亲相仿，望着在悬崖间泰然自若秀着绝技的老人，我只是一个在悬崖上目光凝重忧心忡忡的女儿。

一阵阵热烈的掌声中，须发花白的老人微笑着从铁索上走下。我迎上去，仿佛迎接自己的父亲。我与他们父女亲切地交谈合影，相对相依，像是久别重逢的亲人。

从危崖上下来，心还是热热的，眼也热热的。回首望，灰色的崖壁，苍郁的绿树，湛蓝的天空，黑色铁索上飘动着的红衫红裤、白发白须，是一道绝美而动人的风景。作为一个父亲，只要观众没有特殊要求，他一直独揽着在距深谷六七十米的铁链上表演的机会，独揽着粉身碎骨葬身谷底的危险。

作为一个女儿，真情祈祷：风景长在，父爱长存。即使危崖上缺了这道动人心魄的奇绝风景，也愿这位传奇的父亲，如天下千百万凡俗的父亲一样，平安终老，乐享天伦。

且行且珍惜的男人

一场娱乐圈的辜负,被媒体炒作得轰轰烈烈。世上还有多少好男人?类似质疑动摇了多少女人的心。

我去山乡看桃花时,在桃林粉红的云霞深处,一树繁密的桃花下,邂逅了他,一个高大魁梧的中年男人。他"演出"的一幕幕,是芳菲四月煽情的镜头。

在那么多赏花人中注意到他,是因为他身边的老父老母:满头白发,满脸皱纹和斑点,混浊的眼,灿烂的笑。这样的两个老人并肩坐在马扎上,扬起脸看桃花。花间漏下的细碎阳光,在老人脸上画出明媚温暖的图案。

"爸、妈,看我们这儿,靠近点!"高声喊话的是他的妻子。

两个老人微笑着相互靠近一点儿,老父亲缓缓抬起挨着老伴儿的右胳膊,亲昵地去揽老伴儿的肩,老母亲慢慢抬起纹路纵横的右手,想推开揽在她肩上的胳膊。"瞧你这老头子,呵呵……""呵呵呵……"两个老人羞赧地笑着,露出洁白的假牙。老父亲的眼睛眯成两道缝儿,老母亲的眼睛弯成两个月牙儿。妻子身旁,举着相机的他轻轻按动快门。他的脸,早欢喜成一大朵盛开的桃花。

他和妻子小心地搀扶老人,挪动几处位置,变换几种姿势,给二老拍下许多孩子般快乐的瞬间。然后,他安顿父母坐在树下看花儿,又去给妻子拍照。不再年轻的女人,在他蓄满爱意的眼神和镜头里,桃花一般,明艳着,妖娆着,妩媚多姿。女人在花间留够了影,便拿走他手中的相机,忘情地赏花、拍花去了。

他走到林边路上,从汽车后备厢取出一张报纸和一个沉甸甸的袋子,折回老人身边。报纸铺在地上,袋子放在报纸上,他掏出一大瓶水冲净双手。一小袋煮鸡蛋也被取出,他剥开一只递到母亲嘴边。待母亲吃完,他再剥开一只递到父亲嘴边。父母吃完鸡蛋,他又很快用小刀削好一个苹果,剜去果核儿,切成两半,分别插上牙签递到父母手中。父母喝了他递过的矿泉水,他又开始剥鸡蛋、削苹果。妻子返回,他们便一起享用。

我徘徊在他们近旁看桃花,视线更多被他们牵引着,直到妻子搀扶着老母亲,他一手搀扶着老父亲,一手拎着两个折叠起的马扎,一家人缓慢地向私家车挪去。并排前行的背影,是四月桃林里最惹眼的一道风景。高大魁梧的他本可以昂首挺胸、大步流星，却弯腰俯首、鹅行鸭步。

由他，想到另外两个男人。其中一个，近万的月薪，却并不富裕，因为肩上的担子太重：月月要还房贷；两个女儿，一个上大学，一个读小学；爱人没工作，又患有严重的高血压，常年离不开药物；年迈的父母在贫困山村，没有经济来源。他的薪水，每月分几份出去，所剩无几。他自己不嗜烟酒，简衣素食，很少应酬。高月薪工作，面对的是高负荷强压力，常有不顺心的时候，而他却一脸满足地说："为了父母妻女的幸福，无论什么我都能忍受。"

另一个，有次去赴宴，邂逅了大学时痴情暗恋的女同学。虽已人近中年，女同学依然风韵不减，楚楚动人。见到她，他依然怦然心动。不知是有意还是无意，大家特意把他推到女同学旁边的位置。席间，他的眼神躲避着她，却还是有些慌乱。宴会后，还有去唱歌的节目，他却在宴会未半时离开了。后来他说，自己在外赴宴，妻子一个人散步会不习惯，便找借口中途离席，去陪妻子。

细想，世上有很多好男人，类似上面的几位。这样的男人，或许就是邻居老人的儿子，要好女友的丈夫，自己孩子的父亲。在滚滚红尘里，他们用行动的笔饱蘸烟火凡俗的爱，书写着正宗的"男人"，诠释着"且行且珍惜"的要义，坚定着女人们的信心。

在苦涩中找到微笑的理由

花草树木,又在春风里笑了,笑成嫩芽,笑成新叶,笑成鲜花。那个矮胖的、腼腆微笑的妇人,却再也没能笑着回到春天。

春风里,夜色中,她曾和老伴在人群中跳舞。她的老伴是个三轮车师傅,比她瘦许多,中等个,黑红脸庞。他们随着音乐跳探戈,跳慢三,跳伦巴,动作笨拙,舞姿不美。可是为了健康,老两口跳得开心。她羞涩地微笑,像个小女孩儿。他也微笑着看她,用欣赏的眼神。

她为他,养大了一对儿女。儿女各自成家后,白天,他出车拉活,她在家洗衣做饭,把房间庭院打扫得一尘不染。她温柔贤惠,是典型的贤妻良母。

那年夏天,我和爱人出远门,和他约好晚上九点送我们去车站。他和她跳完舞,一起到我们小区门口等。那夜初见老妇人,她个头矮,身宽体胖,才五十几岁,看上去像是六十几岁。我喊她阿姨,他微笑着纠正我,说她还年轻,应叫她大姐。

大姐健在时,他排在我们小区门口等待拉客的三轮车队伍中,黑红的脸庞总挂着幸福的微笑。乍暖还寒的春日风沙里,送客人空车返回的路上,他曾微笑着招呼我上车,顺路把我拉回小区门口,分文不收却幸福满脸。

大姐离去,把他的微笑也带走了。整个冬天,在小区门口没见他的身影。春风里再见他,黑红的脸上,忧郁愁苦的云密布。大姐得的是白血病,从确诊到离去,经过了一年半。一年半中,他一次次陪她去医院,西医化疗后,又看中医。

中医治疗期间,她有几月略见好转,他出车时,脸上仍挂着微笑,微笑里藏着淡淡的苦涩,也透出殷殷的希望。每次坐车,我都关切地向他问询大姐。他絮絮叨叨地诉说,求医问药的日子琐碎麻烦,却流淌着相濡以沫的爱恋和他对大姐好起来的信心。

为给大姐治病,花去十几万元,没听他有过一句怨言。有一次,我去高铁站,到门口坐三轮车。他并没排在最前面,我特意坐上他的车,除了熟悉,也因为大姐的病。到站下车,问他价钱。他黑红的脸变得更红,微笑中溢出苦涩,也溢出希望。他红着脸开口,第一次比别的师傅多要了我的钱。那以后,再坐他的车,我就主动多给几块钱,现在想起来,觉得自己还是太吝啬了。

大姐离开是春节前，之后两三个月，师傅闷在家里不肯出来。一双儿女怕他烦闷，每天回家陪他吃饭。儿子媳妇带孩子搬回他身边。儿女三番五次催他出车，在外面散掉些伤感。他虽出车，可因为希望的破灭，连遮蔽苦涩的微笑都不见了，苦涩裸露在忧伤的脸上。

他说，她想好起来呀，那么苦的中药，临走那天，还让端给她喝。可是，没能医好她。

我问他现在出车，家里谁做饭。他说，儿媳妇孝顺，每天下班回来做。我心里多少有了些慰藉。尘世里，许多事并非总能如人所愿。有些不能逆转的缺憾、不能逃避的苦涩，就如春日突袭的沙尘，就如贫瘠干旱的土地。然而，地丁、荠菜、苦菜、车前子、蒲公英……却都能在贫瘠之地扎下根来，迎着尘沙微笑，笑出紫的、白的、黄的小花来。一缕春风，一抹春阳，就可成为微笑的理由。

祈愿六旬失偶的三轮车师傅，也能在苦涩的日子里，渐渐找到微笑的理由，比如儿女的孝顺、孙辈的可爱、顾客的善良，比如自己战胜苦涩的心态。微笑着向前，再沉重的日子，也会变得轻松起来。

新绿浓，蛙声起

　　一眨眼，我家楼下，丁香、海棠、樱花树头花落已成荫，鲜润的嫩草铺展成一片养眼的绿缎子。树上树下，新绿怡人。
　　清晨，对面楼上，一个红衣耀眼的老太太沐着金色阳光，慢慢侍弄窗内阳台上的花草，不时闲闲地望望楼下的新绿。
　　晚风中，小区的人工水道里，有蛙声咕咕呱呱地响起来。
　　时值谷雨，春天最后一个节气，新绿渐浓的自然，柔软，亲切，温暖。小区对面的植物园里，紫藤在开花，牡丹在开花，流苏在开花，金银花和木瓜花也在盛开。过不了几日，待芍药、马兰、鸢尾、蔷薇、玫瑰、月季赶着趟儿开出花儿来，春天就被初夏覆盖，蛙声也将迎来蝉声指挥的各种虫鸣。然后，园子里的萱草啊，荷花啊，木槿啊，秋葵啊，又会偷偷把仲夏飞渡到初秋……

自然奔跑着,把人生的四季浓缩给我们看。季节不停地轮回,人生却一去不返。

邻家的三爷爷好侍弄花草,好多花名,我从他那里知道。幼时最爱的,是跟在他身旁,看他驼着背,小心翼翼摘除枝杈间枯干的叶、萎去的花。温情怜爱的目光,阳光雨露一般,从他苍老混浊的眼里流泻到每一片叶上,每一朵花上。他像侍弄花儿一样,侍弄大了几个孙女。二孙女出嫁,三爷爷乘兴喝了点儿酒,他八十岁的生命,如一片熟透的黄叶,在喜庆的日子里凋零。

爱穿红衣的姨妈也爱花。姨妈深情不舍地轻声叹:"这个世界,多美好啊!"我强压着泪水柔声劝:"您会好起来的,明年春天,咱们一起去植物园看花!"这是姨妈离世前我们关于花的最后一次对话。姨妈生前无暇看花。自记事起,她的时间,给了姨弟和我,给了学生,给了她和姨父双方的老人,给了她和姨父兄弟姐妹的一大群孩子。好不容易退休,姨父教钢琴,侄女上小学,她要每日照顾姨父的饮食起居,每天中午忙做午饭,还要在放学、上学时间接送侄女。每次我们想略表孝心,姨妈就阻拦,"等我老了,你们再孝顺也不迟。"我们没能等到孝顺她的那一天。姨妈的生命,终止在五十九岁。她的生命之花还未开透,就被绝症的风雨打落。

看新闻,谷雨前几日,因妊娠期急症昏迷五十三天的95后姑娘邵紫燕,心脏永远停止了跳动。昏迷那天,她生下双胞胎儿子。生命结束,她捐献的心脏、肾脏和肝脏,成功移植给四位重症病人。虽然她的生命以另一种方式得以延续,很多爱心人士也为她的孩子捐献了教育基金，然而她离世时，双胞胎儿子没吃过她一口奶，她的幸福婚姻生活还未开启。接受她器官的病人是幸运的，因为据统计，平均三十至五十个重症患者中只有一人能成为受捐的幸运儿，全国有数以万计的患者在等待合适的器官。晚风里，在新绿丛中散步，初起的蛙鸣声中，念着年轻的邵姑娘，念着和她一样生命之花过早凋谢的人，像悼念自己的邻人亲人一样唏嘘不已。

左河水在《谷雨》诗中写："雨频霜断气清和，柳绿茶香燕弄梭。布谷啼播春暮日，栽插种管事诸多。"暮春时节，忙着栽插种管培育人生花果的同时，别忘了亲近身边养眼的新绿，细察它们如何变成片片青葱；别忘了关切陆续赶来和我们相会的花，闻着香呼唤花儿们的名字；别忘了倾听蛙声律动的序曲，听蛙们如何引出蝉唱虫鸣的交响；别忘了尽孝行善，无愧于亲人无愧于尘世；别忘了储存一份健康，以顺利走完人生的四季。

遇一城娴静的香

初到杭州,是劳动节前两日的午夜。打的去大观路,灯光下,路两旁树木葱郁,树下花簇耀眼。车跑得快,辨不清树貌花颜。

入住酒店,到附近一个餐店吃夜宵。百十步路,隐隐约约闻见一缕香。餐店简洁雅气,小而别致,是小家碧玉。顾客除了我们,只有两个男人在闲聊慢饮。门前路边,树木葱葱,车少人稀,一片静谧。问小店老板:"门前的树是香樟吗?"来时动车上,听人说杭州多香樟。老板摇头,解释自己非本地人。他的故乡在湖北黄冈。他说,一入杭州二十年,这里气候好,树好花好水好,来了就再不想走。

回酒店,短短的路,空气中又飘出一缕香。问前台小美女和保安老汉:"门前的树是香樟吗?"美女老汉都摇头。我心里暗笑自己问得执着：树好，何必知芳名。日日相望，不就很美好？

早起出门，街道中心和两旁的绿化带高低错落，视野里一片娴静的鲜绿。街两旁的建筑并不新鲜，被这鲜绿衬着，有了娴静古朴的韵味。空气里氤氲着清清淡淡的香。在清香中细望那些绿植，其间最多的一种树，干挺拔，枝秀美，枝干上有纵的裂纹。树冠如伞，鲜绿的叶层层簇簇，叶形似椭圆，两头稍尖，每一层每一簇叶子上都浮起一层袖珍的圆锥形花序。密密层层的黄绿小花，比小米粒大不了丝毫。

又忍不住问路过的阿姨可知那树的名字，阿姨停下来，顺着我的指点仰脸看树，"这是香樟啊，一年四季这样绿着，老叶子落一些，新叶子会长更多，树叶子都是香的。每年这个季节开花，花也是香的。杭州城里，到处都是香樟。"阿姨温馨的语调，像介绍熟识多年的老友，柔美的声音透着淡淡的清香。

欲去西湖，继续向阿姨问路。阿姨手指近处的公交站，"坐三〇七路，到黄龙洞下车，再去马路对面坐十六路到钱塘口外，走几步就是西湖景区。"娴静温雅的气质，浸着空气里的清香，流溢在阿姨耐心的温情慢语里。按照阿姨指点的路线，顺利到达目的地。在杭州游玩几日，总有如阿姨一样的本地人耐心告知路线，因此少走了许多弯路，节省了不少时间。

杭州城里，处处飘散着我很快熟悉起来的木叶清香。这清香引着我无数次仰脸，证实了杭州确是到处可见香樟。且不说路两边一行行作为行道树的年轻香樟,单是景点内那经过漫长岁月洗礼的古老香樟,就不可计数。西湖岸边,每一棵香樟都至少见证过数十年的历史,有的树龄甚至已经上百年。灵隐寺内,树龄五百年的香樟我就遇见两棵。这些古老的香樟,即使枝干再粗,也不乏阴柔之美,多以迎风起舞的姿势撑起巨大的华盖,遮出一大片宁静阴凉,在更大的范围内飘溢丝丝缕缕怡人心神的淡香。

飘香的绿植哪里只是香樟,还有各种杭州本地人也叫不上名字的树,还有五彩缤纷的艳丽月季和许多不知名字的花。湖心岛上,我见一棵树上开着精致的小花,便凑上前闻闻,香得那才叫甜蜜!问迎面走来的大姐,这是什么花,大姐摇头。她身边的孩子凑到我身边,踮着脚用鼻子闻闻,"我知道,这是香花!"

赶修道路的建筑工人,各个景点的服务人员……香樟树下的杭州人,也似乎都如那位阿姨,浸染了娴静清香的气质。在杭州的大街小巷和各景点周围,不乏呼呼而过的车声,却几乎听不到急躁的汽车喇叭声。行人过马路,即使在没有红灯的路口,即使闯了红灯,近处的汽车也会减速或停车,等行人经过,才加速或启动车辆。汽车给行人让路,是杭州城的一条交通规则。

在杭州生活的人,被一城娴静清新的自然气息熏染着,也以娴静温雅的人文气质润泽着自然。一座城的气质,便如香樟树的叶子,层层簇簇,生长不息,清香长溢。

尘世芳华,心田安家

春夏两季,女儿在杭州学习。我和爱人去看她,一家人同游苏杭。

在杭州游玩一天,傍晚赶往苏州。车票早已在网上预订,取票后捏在手里过安检、候车、过检票口,但直到登上去苏州的动车,我们才看座位号。女儿看看票,坐在第一排临窗的位置。我的座位在第二排过道边。爱人瞥一眼手中的票,指指第二排过道另一边被两个座位夹在中间的座位。我怕中间挤,让身高体胖的爱人坐过道边,自己坐到他指的座位。见旁边靠窗的座位已有乘客,不必起身让路,还没等别的旅客都上车坐好,我便闭眼打起了盹儿。

本来就嗜睡,再加上玩得筋疲力尽,这一觉睡得昏天黑地。一个多小时后到昆山南站,靠窗的乘客要下车,才将我唤醒。下一站就是苏州。靠窗的座位空出，一个仪容清雅的小伙儿坐进来。我以为他刚上车，想不到又一个提箱子的中年乘客要坐那个座位。小伙儿安静起身，准备让座。

"你的座位是这里吗？是不是看错了位置？"我关切地问小伙儿。

小伙儿温善的脸上掠过刹那的犹疑。他平和地指指我的座位，"刚才您一直睡，没好意思打扰……"

我的脸颊瞬间升温，难道我坐错了位置？赶紧让爱人看车票，竟真的错了。票上的位置，在第一排。

"真对不起！你在杭州就上车了？刚才坐哪里？"我满怀歉意，边说边站起，请小伙儿坐。

"没关系的。是从杭州上车，我上来得晚，看您睡着，就站在过道。"小伙儿见我执意站到了过道里，便腼腆地坐下，那神色倒像做了对不住我的事。

第一排本属于爱人的座位，坐着个民工模样的苍老男子。他应该也是在杭州上车，买的大概是无座的票。爱人身后的乘客恰好刚下车，位子空着，我便坐下，心中被清雅小伙儿的绅士温情感动着，很快到了苏州。

正逢假日，有"人间天堂"美称的苏州与杭州，同是人流如潮。苏州比杭州更拥堵。第二天游完拙政园和狮子林，已是中午时分。在街边小店吃过午饭，准备打车去虎丘。女儿用手机软件叫车，软件显示附近路况拥堵得厉害。本来约好的司机，一个个打来电话，都说手机出了故障，要求取消订单。约了近一个小时，因司机手机故障取消了四五个订单。

终于有一位师傅手机正常，告诉我们他保证过来，要我们耐心等待。他接订单时距我们等车的位置只有七八公里，因为堵车一个多小时才接到我们。师傅说本来可以去路况稍好的地段拉客，但不愿失了诚信。从狮子林到虎丘，师傅根据路况绕道而行，到虎丘，女儿微信付款，才十几块钱。这十几块钱，让师傅耽误了近两小时。

从苏州回杭州，又游玩一日，清早五点，我和爱人打车去车站。临行前夜，女儿教会了爸爸用手机软件叫车。车准时叫来，到了火车站，我们却不会用手机付款，给司机师傅现金，师傅热情大方地说："我们是手机系统交易，我不能收现金。你们回去学会再付款，钱没多少，不付也无所谓。赶紧下去吧，别误了火车。"

几个瞬间，几朵质朴清香的尘世小花，就像路边偶见的几朵蒲公英，虽只是金黄点点，却暖意宜人。三个连眉目都没看清的陌生人，以本性的温善、诚信和大气，为我们的旅程增添了芬芳的情味儿。人生路上许多瞬间的芳华，会如蒲公英小花般结出一颗颗希望的种子，一絮一絮，飘落心田，生根发芽，展叶开花，再结出更多美好的种子，在尘世的阔野上随风播撒。

给人生加一道花的篱笆

盛夏,全家去吉林省大山深处,迷了几次路才找到一个小村庄,那是八十多岁的老公公阔别多年的故乡。村外公路狭窄,一家又一家石头加工场白烟升腾、机器轰鸣。村里房屋低矮,住户稀疏,才下过雨,蜿蜒的土路泥泞。村中只有一户远房亲戚,亲戚家两个男人,老父亲几年前出了车祸,行动依靠拐杖;壮年的儿子最近被石头砸伤脚,走路一瘸一拐。

落脚村中,回想高速上驱车进入东北境内一路天蓝云白,植被茂密的群山绵延起伏,线条优美的绿意润泽无边,强烈的反差冲淡了心中的亢奋。

东北归来,却常常记起那个小村,因为一张模样模糊的笑脸,一道鲜花盛开的篱笆。笑脸是亲戚邻居的。瞬间一瞥,匆匆交谈，加上初见的腼腆，没细辨他的眉眼。他家院落并不宽敞，院子东西是别家的石墙。院子北面，繁花似锦的各色六月菊密密麻麻交织成两道五彩缤纷的花篱笆；两道花篱间，藤条弯成的月亮门上是凌霄的绿叶红喇叭；月亮门向外的路两边，是数不清的粉紫大丽花。繁枝茂叶的绿背景，烘托出成千上万朵绚丽的花。主人大概常浇水喷洗，所有的花都清丽明净，如刚沐浴过的婀娜女子。

邂逅这么多美艳动人的花，我欣喜地驻足，看不够，就用手机拍。一张笑脸从月亮门里迎出来，朴素的、热情又亲切的笑脸，是个五六十岁、中等身材的男人。

"你们是远道来的吧，去老钱家？"他望着前面老公公的背影，指着近旁一户人家。

我的心全在花上，"这么多花儿，太漂亮啦！全是您养的？"

"是啊，每年都养，习惯了。花儿也一年比一年好看。要是喜欢，走的时候捡大朵的，摘些带回去。"男人语调不高，温和的声音里透着欣喜。他含笑看花的眼神，像是在看自己的一群美丽女儿。

从亲戚家出来，我又驻足留连天然篱笆上的花。男人还站在月亮门外，依旧一张朴素的笑脸相迎，"看哪朵好看，尽管摘，回去插花瓶里，也能开几天。"

我没带走一朵花儿，那绚丽缤纷的花篱笆却洋溢着美丽温善的芬芳，在我记忆里扎了根。这花的篱笆总让我默诵起陶渊明"采菊东篱下，悠然见南山"，联想到老舍"青松作衫，白桦为裙，还穿着绣花鞋……"虽生活在石粉包围的偏远山村，因为这鲜花盛开的明媚篱笆，男人平凡的日子和生命，一定不缺少希望和滋味儿。

归路上，我们绕道丹东，坐船游鸭绿江。在中朝交界的水域，皮肤黝黑的朝鲜老乡驾简陋的小船靠近游船，售卖烟酒等物品。交易结束，朝鲜老乡望着游客们，指指自己的嘴和肚子。导游解释，他饿了，哪位游客有吃的喝的，可以送他一点儿。游艇上很快伸出两只纤细白嫩的手，那是一双年轻女子的手，左手一袋煎饼，右手两只鸡蛋。女子的身姿和脸庞隐在人群中，却不妨碍她那双送出关切的手定格成永恒的镜头。

这女子关切之手送出的善意，宛如大山深处鲜花的篱笆。鲜花的篱笆，又与一段视频关联起来。那是几年前一个文艺节目的片段，至今还在被人们转载。拾荒歌者幼小丧父，少年外出打工，因贫穷和知识贫乏找不到正式工作，除了打零工，更多的是在城市的垃圾桶前翻找生活。常夜宿街头的他到中年还未成家，甚至不知自己确切年龄。他却一直热爱读书和唱歌，热心照顾朋友的家人。"我一直相信，世界上有很多美丽的东西，我也想成为其中一部分。"他干净的眼神、纯粹的歌声和绚烂的梦想，编织出的也是一道花的篱笆。我们无法洞悉拾荒歌者的人生，在视频里邂逅，却被他的善良和执着感染，一下子沉静下来，对世界多了敬畏之心。

白驹过隙，忙忙碌碌间，除了至亲好友，我们很难走进更多人生命的院落，也难以邀请更多人走进我们生命的居所。

然而，作为世间众生，我们可以以美好的情趣，以温暖的善意，以热爱和执着等，为生命加一道花的篱笆，让路过我们生命的人，分享一片明丽，一缕心香。

那一声感谢

我和爱人去天津，路过平津战役纪念馆，便停车去参观。纪念馆院外的大门因故未开，进出要走东西两侧的纪念品商店。经东侧的商店进入宽阔的院子时，阴沉的天空刚刚飘下零星的雨丝。穿过院子去纪念馆大楼，尚不用打伞。雨大了当然也不怕，现代社会信息发达，大家都养成了看天气预报的习惯，我们和陆续进入的参观者一样，得知那日有雨，早就备好了伞。

进入纪念馆楼内，解说员正准备给刚进去的一个旅行团成员讲解介绍，我们便跟定团里的参观者，随着解说员入情入境的讲解参观缅怀。听到新中国的解放战争史时，对先烈的崇敬和怀念之情油然而生。看周围的参观者，也都神情肃穆。

从纪念馆大楼出来时,已是一个多小时后。进门时零星的雨丝已变成哗哗啦啦的大雨。在楼门内等了片刻,见雨没有变小的势头,我便和爱人撑了一把伞,踩着积水,穿过宽敞的大院,走到正门西侧的纪念品商店门外。正门没开,只能从这里走出纪念馆。

爱人先推门进了商店,我站在檐下收起伞,也抬脚准备进门。伞上的雨珠滴滴答答,我迟疑了一下,抬起的脚又落下了。我捏紧收起的伞柄和伞骨,一下一下用力甩着布满雨珠的伞布,直到伞布上不再有雨珠落下,才拎着伞向门内走。

"这位姐姐,太感谢您啦!"迈进门槛的瞬间,柜台内一位五十岁上下的大姐满脸笑容地向我致谢。虽然在天津已经习惯被不同年龄的人尊称"姐姐",可这声感谢来得莫名其妙,是在谢我吗?那一刻,并不宽敞的商店内,除了我和这位笑容慈和的大姐,并没有第三个人。爱人已经出了商店的另一扇门,站在檐下等我了。

"刚才从院里出来那么多人,只有您知道甩干净伞上的雨才进来。您看看我这地板,全是雨珠啦!""大家的鞋湿淋淋的,我怕有人滑倒,还特意铺了块儿地毯……"大姐操着纯正的天津口音,热情而温柔地向我解释道谢的原因。我低头看地面,脚下果然是一块长条形的深色地毯,铺展在两扇门之间。地毯湿漉漉的,不知已有多少从馆内出来的参观者从上面走过。地毯两侧洁净的浅色地板上,密密麻麻布满了大大小小的雨珠。很显然,雨珠都是从拎在人们左手或右手的伞上落下来的。

大姐的一声感谢，让我踩着短短的地毯出门时，脚步放得极轻。回想着这声感谢，心中也生出些许感慨：到馆内参观是免费的，馆内的讲解介绍也是义务的；参观过程中，年迈的人上下电梯，有工作人员殷勤地搀扶；雨中经商店出纪念馆，有细心的大姐关切地铺上地毯……作为参观者，本来该我们道谢呀！在商店檐下站立几秒，甩一甩伞上的雨珠再进店，是一件举手之劳的小事，我们本应为之，却少有人想起。本来该大家抱歉的事，却让大姐殷勤地向我致谢。享受社会和他人提供的服务、便利的同时，我们是否该省察一下自身行为的细节？

诸如甩掉伞上雨珠的细节，从来无关大雅，与我们的修养风度却不无关系。大姐的一声感谢，常常于我行走在外时，在我的耳边响起，让我的举止言行多出一丝自省和虔敬。也希望大姐的那一声感谢，能让那个雨天的参观者和更多的世人反思并铭记。

把清苦酿成甜蜜

　　郭立峰小眼睛里熠熠的光彩，让我想起故乡邻家小弟的少年时。记忆中，方脸浓眉的邻家小弟，从小学到初二，大眼睛里闪烁的一直是这种熠熠的光彩。小弟聪慧、勤奋，痴迷读书，学习成绩一直在学校同年级领先。我师范快毕业时，忽然收到他的求助信。母亲身体不好，家里生活拮据，缺少劳动力，父亲不肯再让他读书。即将升初三的小弟伤心无助，希望邻家姐姐能帮他继续读书求学的梦想。

　　那时，我远在异地，回家一趟辗转倒车极麻烦，故乡小村还没有人家安装电话。我满怀同情，给小弟的父亲写了一封长信求情。小弟终于没有摆脱辍学的命运，从此忙于生计，不再读书。如今再见，年至不惑的邻家小弟，眼睛里的光彩已无迹可寻。

时代变迁,二十四岁的农民工郭立峰,少年的经历应该与邻家小弟不同,然而各自成长的清苦背景应该小异大同。立峰打工的地方是北京一家服装厂。开始他做熨烫工,每天从早到晚拿个沉重的大熨斗,不停地挥动手臂。时间久了,右面的肩背全是瘀血,工作带给他的疲惫和疼痛可想而知。后来他做库房管理员,每天从早到晚在库房整理货物。

工作中间偶尔休息的十分钟、二十分钟,从小热爱诗词的立峰,独自在角落里读诗或者抄诗、背诗。

有一次在同事家里看电视,立峰第一次看到《中华好诗词》的节目。像是一场美好的邂逅,他怦然心动,对节目一见钟情,立志要走上这个节目。工友们认为他白日做梦,用难听的话语嘲笑他、打击他,连他河南安阳老家的父母,从电话中得知他的志向,也置若罔闻。身边同事和父母的不理解、不支持,更激发了他的斗志。除了睡觉,所有的工余休息时间,他都痴情于诗,用来抄诗、背诗。一年多时间,他抄写背诵了一千两百多首诗词,并记住了《中华好诗词》节目中所有的题目。终于有一天,他接到了邀请函,在节目现场一路过关斩将,坐上了擂主的宝座。

电视镜头中的他,个头不高,衣着朴素,眼睛小,笑容却健康、纯净、阳光、开朗。面对同为擂主的对手,不管是身为国际融资经理的金领丽人,还是北大读研的美女学霸,他都谦恭有礼,不卑不亢。被美女学霸夺了擂主宝座离开时,他借李贺的诗句道出自己的信仰:"男儿屈穷心不穷,枯荣不等嗔天公。"

现场两个对手先后说他像韩国明星和演员黄轩，他都一脸茫然。以他的家境和工作，那么心无旁骛地热爱诗词，哪里还有闲暇涉猎其他？然而凭着痴情执着地与诗词为伴，即使人生再清苦，也能咂得出甜蜜的滋味。因为心不穷，小小农民工虽然肩背上还扛着熨烫工作留给他的消不尽的瘀血，但举止言谈间的健康、纯净、阳光、开朗、谦恭有礼、不卑不亢，却绝不输于他并不知晓的国际明星、男神演员。他的人生，因此富有。毋庸置疑，这些都是志趣高雅的他凭着勤奋和执着，在清苦生活中酿出的甜蜜。

祈愿遥远的将来，立峰到了邻家小弟现在的不惑之年，甚至知天命，逾花甲，达古稀，寿登耄耋，因为诗词的滋养，小眼睛里依然亮着熠熠的光彩，胜似明星，赛过男神。

最曼妙的"舞姿"

暑假的一天,我在单位值班。下午五点多,窗外下起雨,开始还淅淅沥沥,不多时就变成瓢泼大雨。楼外的雨声,不是哗啦哗啦,而是轰轰隆隆。三楼十几间办公室,只有我一人在,听着响个不停的巨大雨声,内心多少有些惶恐。惶恐归惶恐,上班没开车,虽然带了伞,也到了下班时间,可哪里愿意冒这样的雨回家?

雨初下时爱人来电话,他正准备从几十里外的单位开车回城,让我在单位等他。这一等,就过去了三个小时。直到晚八点,雨变得淅淅沥沥,他的车才到达我单位门口。中途,电话打了多次,回城途中暴雨难行,他到加油站避雨一小时;到了城边,因为常走的近路积水太深,他随车流绕行另一条路,车多路堵,蜗牛爬行般蠕动了许久。

我们一起回家时，雨已停下，潮润的马路上已不见太深的积水。我和爱人闲话，你一句我一句，抱怨着暴雨带给我们的麻烦。

　　晚上看微信圈，同城朋友发的几幅图片，瞬间让我为刚才的抱怨感到羞惭。图上背景，市中心广场边的十字路口，远远近近的车灯将暴雨中的黄昏照得一片光明。积雨如河，河面盛开着空中射落的雨花万朵。第一幅图，路口中间，两个交警相隔一段，背对而立，浅蓝衬衫，深蓝长裤，白色腰带，白色警帽，白色手套，站姿笔直，挺拔如松。一个高扬着左手，一个伸展着右臂。另两幅图分别是两位交警冒雨指挥的特写：面朝南方的那位，双臂向前平伸，与身体近乎垂直，双手微抬，做出向左的姿势，正在指挥车辆转弯。他双腿并立，脚没入积雨中，湿漉漉的长裤紧贴在腿上。面朝北方的那位，双臂向前，小臂向上，掌心向内，正引导着车流直行通过。他双腿交叉，站立于积雨中，湿漉漉的长裤紧贴在腿上。这两幅图上，车过处，都漾着几排水浪。

　　三张图上，两位交警的姿态像是绝美的舞蹈动作，在暴雨肆虐的黄昏背景中，击中灵魂最柔软的一隅。

　　我所在城市的QQ群里，竟也看到这几张图片。几张图片下有位目击朋友的发言："我看到这两位交警了！雨中，大家都在赶路，他们在街心跑来跑去指挥交通。我就在街心公园的亭子里避雨，雨太大了，不一会儿，雨水就漫上了路边的台阶。他们伞也不打，一直在忙……"

　　再看看另几位朋友的发言，感动在心间盈得满满。

"在植物园往北第二个路口，我看到别的交警也在暴雨中指挥。当时我正在赶路，没办法拍照。感谢记录下这感人瞬间的朋友！"

"我在另一个路口，看到两个交警打开下水道口排水，并一直守在井口旁。"

"几个重要的路口都有交警指挥！"

平日安静的QQ群，这一天格外热闹。看着图片和大家感动赞美的真挚话语，我回想起高考第一天上午入场时，暴雨中交警背考生涉过积雨的情形以及冬日街边交警帮车胎瘪了的女司机换胎的情形。天地大舞台，一幕幕镜头，严寒酷暑风雨雷电的背景中，彰显出尽心职责的坚守与关切之情的姿态，怎么回味，都是尘世生命最曼妙的"舞姿"。

咱们一起唱国歌

宛平城中国人民抗日战争纪念馆大门内，我和一大群游客正等着解说员。距规定解说时间还差两分钟，一个穿白衬衣佩扩音器的小伙子出现在人群前。小伙子个儿不高，胖乎乎，圆脸，弯眉，笑眼，模样和善。

他向参观者致欢迎辞，语声清朗，音量很高，简短礼貌的句子如馆外晴和的阳光，舒服地洒在每个人的耳际、心间。他话音落时，转身迈步带大家向展厅内走的瞬间，一声尖厉的咳嗽划破阳光暖照般的熨帖。我喉咙发紧，心间掠过一抹不爽的记忆。在学校时，因长期过度高音发声，我患过慢性咽喉炎，说话稍微多些，咽喉便又痒又痛，咳嗽不止。咳嗽声是小伙子发出的。

参观者走近的，是一部血雨腥风、触目惊心的惨烈历史。

小伙子满脸肃穆地讲解,藏不起天生的弯眉笑眼,略略显出些滑稽,那样貌和他口中的历史有点儿不协调,然而他始终清晰细致、抑扬顿挫地解说。为避免刻板乏味,他旁征博引,补充了许多没展出的史料细节,并常在关键处设悬念,跟随他参观的成人们,兴趣和注意力始终追随他。

每每一个段落讲解完,小伙子话音落下的瞬间,总跟着一两声刺耳的咳嗽。那隐忍了再隐忍才得以释放的每一声咳嗽,都让听者心疼。真希望他能不时地喝口水,润润喉咙。可是,小伙子没有带水,我和身边的参观者也没有带水。

参观开始时,有三个小孩子不安分地在人群中钻来钻去。和平年代蜜罐里成长的孩子们,显然还没关注眼前展出耳边讲解着的历史。快到海外华侨投身抗战的展区时,小伙子微笑着招呼几个孩子到人群前面。

"孩子们,离我近点儿。接下来叔叔要讲两个故事,因为你们的到来,可以多讲一个和你们有关的故事。你们听两个还是听三个?"

孩子们腼腆起来,其中一个不好意思地伸出三根手指。

他俯首笑对孩子们,"那一天,我也站在现在的位置讲解,面前也有一个孩子说最讨厌历史,参观到最后,却扯着我的衣襟说长大要当历史研究员。"和孩子们有关的故事讲完,他抬起头面向参观的人群,神情瞬间变得凝重,动情讲述起女侨胞舍生忘死抗战的故事,讲着讲着,一双笑眼里就蓄了两汪泪。我的泪早悄然落下来。高举双臂手贴在透明玻璃上的白背心男孩儿,一手叉腰的蓝汗衫男孩儿,两手下垂的粉衣女孩儿,脸都仰向小伙子的脸,开始安静地倾听。

带领人群参观过程中,他常低下头,摸摸这个孩子的头,抚抚那个孩子的肩,关切地和孩子们互动交流,吊足了小家伙们观看倾听的胃口。不知何时,他身边又多了红衣男孩儿、黄衣女孩儿……

在文艺战线抗战展区,介绍完《义勇军进行曲》创作过程,小伙子饱含深情地说:"《义勇军进行曲》就是我们的国歌,象征着在任何时候任何地点,为捍卫国家民族尊严,中华民族的坚强斗志和不屈精神永远不会被磨灭。来,咱们一起唱国歌!"说完,他垂手肃立,带头高声唱起国歌。参观的人群也唱起来,几个小孩子站在距他最近的地方,也跟着他极认真地歌唱。

因为他讲得细,后面两拨讲解员引领的人群,先后超到我们前面。他讲解了近三个小时,我们的参观才结束。几个孩子,还有我在内的几个成年人,依然追随着他,问他的联系方式。

我看清了他胸牌上志愿者的标志。

"您不是馆内正式解说员?"

他点头,"不是,但一有时间,我就到馆里来解说。"

"您的嗓子怎么回事?多喝点水啊。"

"说话太多了,咽喉炎,讲解时总想咳嗽。嗓子疼点儿痒点儿,忍着点儿也就无所谓了。谢谢关心!"

"您讲得真好,我这不爱历史的人,都弄清了抗战是怎么回事。"

"谢谢夸奖！我给大家讲，不是为激起仇恨，只是希望更多同胞真正领会'铭记历史、缅怀先烈、珍爱和平、开创未来'这十六个字。"

愿你与世界温暖相待

立冬前的那场初雪,将树上的叶子晕染得更加斑斓。一阵阵北风,唰唰啦啦地在树上疾走,抖落了满世界五彩的寒意。

我去给女儿送保暖的衣服,下午五点半下了火车,拎着两个大包直奔出租车候车区,打车的人真不少。寒气袭人,大家都迫不及待想往车里钻。须臾,前面七八辆车的门或后备厢就已陆续打开。我也裹紧大衣,快步向后面走,沿着车队拐了个弯,在地下车道的暗影里,终于上了一辆出租车。

坐到后座上,我才对着驾驶位上模糊的背影说:"师傅,去北国商场。"

"这么近啊,前面的车不愿拉你吧?"师傅没有回头,粗声粗气里透着凉意,可以想见,他的脸色定是阴郁的。

我赶紧解释："不是的，前面的车都有人坐啦。"心里有点急。车站离女儿租住的小区虽近，但我已买好七点零九分出发的返程票，七点前必须返回站内乘车。正值下班堵车高峰，往返必须在一个半小时内完成。

"说句实话，真不愿拉你，我在这冻了五十多分钟，才等来这趟火车，本想能拉个远点儿的客……"车里没开空调，大概为了省钱。师傅语气里的不情愿，更让我觉得车里的温度与外面没什么区别。

"师傅，到北国等上三两分钟，你再把我拉回来，也就不算近了。我来给孩子送衣服，因为工作忙，快下班时才往这里赶，饭也不能吃就得赶回去……"暗影中，我一脸微笑，友好地与师傅搭讪，尽管师傅没回头。

"那我也不愿拉，这个时间点儿，这段路堵得最厉害。"前面的车陆续驶离候车区，师傅的车也开动起来。

路上果然堵得厉害，粗声粗气的师傅不停地怨天尤人，发泄着满肚子的不耐烦。我态度和善地劝慰："上下班时间堵车是常事，千万别着急生气，不然伤身体。""我才不着急不生气。"依旧是怨愤的语气，说完这话，他暂时闭了嘴。

女儿发来微信，她已经下班，步行到了北国商场门口。女儿问我到哪里了，想吃些什么。我把堵车的情况和师傅抱怨的情形简单回复过去，并说交给她衣服马上坐这辆车返回火车站。"那我去北国对面买些包子吧。司机师傅吃饭没有？"女儿居然关心起司机师傅。"应该没有吧，他在车站等了五十多分钟。"我在手机上打这句话时，出租车又停下来。

师傅又开口抱怨了。

本来十分钟的车程，用了半个多小时。女儿等在北国对面的庆丰包子铺前，身着鲜艳的红大衣，左右手拎着鼓鼓的白袋子，在叶子明黄的银杏树下格外显眼。车停到路边，我开了车门，拎了两个大包下车。女儿将两手中的白色塑料袋分别放在了副驾驶座上和我刚才坐的位置旁边。"妈妈，我买的庆丰包子和豆浆，你和师傅一人一份，一会儿趁热吃吧。"

我问女儿吃饭没有，女儿笑着说："我回宿舍煮面条。"刚刚成为公务员的女儿，入职后还没发工资，依然花着家里的钱，很懂得节俭。我把自己座位边的袋子拎起来递向女儿，师傅也拎起副驾驶位上的袋子，推辞着往窗外递。女儿拎着两袋衣服，笑容温暖，连连后退，"我回去少吃点面条，正好减肥。你路上小心。"退了几步，转身回头说，"快走吧，别误了火车。"

两袋包子冒着热气，盛豆浆的盒子也热乎乎的。回车站时，怕耽误我赶车，师傅选择了一条僻静些的小路。这条路如他所说有些颠簸难行，但是不堵。这样的路颇费车胎，然而师傅没再抱怨，粗声粗气地和我聊起他刚上大学的女儿。空调依旧没有打开，车里却氤氲着温暖的气息。

不到二十分钟，就到了火车站外。我嘱咐师傅趁热吃包子喝豆浆，他转脸向着我说："别把东西落在车上，时间足够了，别着急。"夜色中依然没看清他的脸，但从那粗声粗气中我听出了他脸上的微笑。因为女儿，以后来这城市的机会很多，或许有一天，我还会邂逅似曾相识的粗声粗气。若相逢，即使在寒气袭人的冬天，拥堵的路口，我也希望司机师傅能如我刚入职场的女儿，用灿烂的微笑、晴和的话语和关切的心，与这世界温暖相待。

第五辑

时相忆：月见草花开的夏天

月见草，花语是"默默的爱，自由的心"。月见草，原来就是我们那个羞涩年代的青春之花。细细回味那个浸润着月见草花香的夏天，才恍然，拈花相赠的白衣少年，虽未说一个喜欢，给我的却是懵懂青春最纯净美好的爱恋。

月下少年

　　故乡，儿时，我家菜园里，年年长出一畦畦蔬菜秧。在那物质贫乏的岁月，除了主食和咸菜，餐桌上的美味都与菜园里迎风起舞的绿苗息息相关。我家如此，乡亲们亦如此。园子里的菜秧若被糟蹋，是关乎生计的大事。

　　算命先生说我命硬，克亲生父母，认干爸干妈就能化解父母被克的灾难。村里有个白胖的女人，生了四个儿子，一心想认我做干女儿，以弥补她没有女儿的遗憾。认亲的日子都约定了，爷爷却因她家的菜园愤愤地毁了约。她家菜园距我家不远，我家养的一窝鸡常到她家菜园啄食菜秧。她家不知谁家的鸡，为保饭桌上的生计，在菜地里洒了农药，我家的鸡全部被药死。

　　干女儿没认成，女人对我的喜欢却丝毫不减。及至我和她二儿子一同上了小学，一同成为成绩优异的佼佼者，她的这份喜欢更是日久弥深。我家到学校，必经她家门外。上学或放学时，她常站在家门口，好像专门等我。每见我路过，她白胖的脸就开成一朵硕大的花儿，一双温热的大手抚过我的头发、脸颊和臂膀，攥住我的小手，久久不肯松开。嘘寒问暖，关心我和她二儿子的学习，仿佛我就是她钟爱的女儿。从她那里，我品尝到一个没有血缘关系的女人对自己的盛情挚爱。

她的儿子们或许曾反复得她明示，大儿子和二儿子如敦厚兄长，视我如胞妹；两个小儿子总亲亲热热喊我姐姐。我和她二儿子，小学时同桌几年，又一起考入镇上的重点初中。初中时，我们坚持去几里外的学校上晚自习。下自习时已近夜里十点，我和另外两个女生胆子小，她的二儿子与另外两个男生便默默担当起护花使者的角色。那时男生女生都羞涩，一路上，男生和男生低语，女生和女生嘀咕，男女生间的语言交流几乎为零。几个男生默契地和我们保持着五六米的距离。

初二那年冬天，学校西墙上不知被谁掏了个洞，勉强能钻过一个人。那面墙，距我们村最近。下了晚自习，我们天天钻洞出校，直到洞补好。一个冷月高悬的夜里，我最后一个钻洞出去，不小心跌倒在墙外结冰的路上。清冷的月光下，大家已走出几米，谁也没回头。我从硬邦邦的地上慢吞吞地爬起来，双手冰冷，屁股针扎般疼痛。就在这时，胖女人的二儿子快步回到我身边，低声关切地问我有没有事。刹那间，冬日寒凉的月光化作春日暖阳，心间暗生出一片草绿花香。伫立在银白月光中的少年，高高的，瘦瘦的，气息温热，自家兄长一般。我有些羞涩，又暗生疑惑：他难道长了后眼，居然第一时间看到我跌倒？

中考时，我以优异成绩考入农村穷孩子首选的师范学校。师范学校免学费，吃饭国家补贴，他也极想考，却因成绩稍低而未如愿。他家兄弟四个，父母都是本分农民，日子想必捉襟见肘。记得有一次，男生们上厕所回来，偷偷地取笑他没穿内裤。他面红耳赤，尴尬不语。我心中难过，想这或许与他家的日子有关。没考上师范，他一定有些遗憾吧。我读师范后，收到他从高中寄来的信，他说自己正努力拼搏，坚信笑在最后的人是真正的成功者，在学业的路上，他却没能成为笑在最后的成功者，不但没成功，还欠下我七十元钱，一欠就是二十几年。

我师范毕业在县城工作近一年时，在县城复读的他又将参加高考。他是学校的体育健将，为增加成功概率，准备报考体育院校。去外地参加专业测试前，他突然气喘吁吁跑到我宿舍借钱。因为工资即将花完，我让他在宿舍等，骑上车去姨妈那借回七十元交给他。那时的七十元，是我近一个月的工资。事与愿违，他高考再次落榜，回到故乡，做包、卖包。生意或许并不兴隆，因为他一直没还我钱。穷也好，忘也好，对他的印象，打了折扣。回村时，在路上邂逅，他目光躲闪，言语讷讷，欲言又止。我故作淡然地和他打个招呼，便匆匆过去。我成家不久，因买房欠了几万元钱，最困难时，冬天连女儿的棉裤都买不起,曾经价值近一个月工资的七十元钱,我怎能轻易忘记?却没想过向他讨要。日久天长,日子渐渐宽裕,七十元钱的分量已变得轻如鸿毛,就想,即使有一天他执意还钱,我也断不肯收了。有一年盛夏回乡,到镇上逛书包市场时见到他。炎阳下,他低头蹲在挂满书包的摊子前,等顾客光临。心头涌上一股莫名的滋味,很想过去和他搭话,问他过得是否还好。他却似乎没看见我,头低得不能再低。我也就作罢,逃似的离开。

父母从小村搬到镇上已十多年,再见他,是在侄子的婚礼上。他从村中跑出十来里到镇上帮忙,一连几天都最后一拨儿才吃饭。我热情地招呼他,他也不好意思地微笑着和我聊天。婚礼办完那天他喝醉了,红着眼圈儿说起那七十元钱的事,最初几年家里太穷,后来怕还钱我也不肯收,一块大石头,在他心上放了二十几年。那一天,我们都释然。细回想,他和母亲都曾给我的成长岁月添过温暖与美好,便觉得,在他最困难的时候,我借钱帮助他是一件多么美好的事情!

那个自家兄长般的月下少年,引我重历旧事,重温乡情,让我在生活与灵魂的异乡温馨前行。

心灵在纸上起舞

正值青春华年的孩子们,赶上了通信技术高度发达的时代,相互间表达起情谊来,只需拿起手机,拨通对方电话号码,或对着屏幕运指如飞编辑信息,若想彼此看到,还可即时拍照视频对话。餐桌前、马路旁、地铁上、公园里,随处可见对着手机或说或笑或蹙眉或落泪的青年男女。这种传递情感的方式,如电光石火一般神速。

我们的青春,彼此表情达意,却是另外一种方式,没有电脑,没有手机,最亲切的媒介,是笔尖常常亲近的纸。

初入师范学校,我们班里五十个同学,都是十六七岁的青葱年纪。来自各地的男生女生彼此尚未熟识,默然间各怀着好奇,悄无声息地相互注意。一个娴静腼腆的女生在桌膛里发现一张神秘的纸条,纸条上有两行潇洒的钢笔字:"温柔美丽的女孩儿，希望你能活泼开朗些，那样会变得更加可爱！"女生将这张没有署名的纸条偷偷给姐妹们看，姐妹们猜，这寄予希望的纸条，是暗恋她的男生所写。她一脸的羞红，掩不住内心的慌乱和欣喜。很快，陆续有别的女生收到了类似的纸条，相同笔迹，寄托着自信阳光等不同的希望。女生们虽猜不出纸条上的钢笔字出自谁手，却不负希望，渐渐变得活泼开朗、自信阳光……一个个更加可爱起来。后来男女生打成一片，亲如兄弟姐妹，才知那些纸条是几位男生策划，由其中写字最好的一个执笔，偷偷塞在女生桌膛里。他们只是友好地希望，女生们更加美好可爱，班级生活更加丰富多彩。

班里有一些热爱写作的同学都有练笔的本子，自习课或者课间，旁若无人地埋头于书桌前，笔尖在纸页上翩翩起舞，舞出一首青涩的小诗，或者一篇稚拙的散文，或者模仿读过的小小说，编写一段少男少女的纯情故事。这些同学常常交换本子阅读彼此的作品。大家很少懂文学理论，相互品评也并没有多高的水平，然而，比起读那些名篇佳作，却一点儿也不含糊。我们以这样的方式互相勉励，共同追梦。

那时我也喜欢在本子上涂鸦诗文，有一首写牵牛花的小诗，被一个读过的男生视为佳作，抄在班报上；有几篇散文被在学校做广播员的女同学读到，用甜美的声音播送到校园的每个角落。我受到莫大鼓舞，踌躇满志地向报刊投稿。投稿时，将本子上的佳作工工整整誊写在稿纸上，再虔敬地在稿纸上写一封书信，请编辑老师指点。还记得，我发表在杂志上的处女作后，附着一段我写给编辑老师的信，字字句句，朝气蓬勃，热情洋溢。

我也常拜读其他同学的本子，欣赏纸页间不同笔迹的文字。曾经，在一个男生创作的故事里，读到自己的影子。那故事情节简单，有我影子的女主人公纯洁、美丽，天使一般，让我怦然心动。

师范毕业，同学们各自回故乡，走上工作岗位。很多个月明如水的夜晚，有时是阳光明媚的早晨或静谧安闲的午后，我独坐于书桌前，读远方的来信，或者给远方写信。目光在纸页间久久流连，笔尖触在纸页上沙沙作响，遥想远方，关切、思念和祝福，在心底萌发滋长，摇曳生姿。

我们的青春，心灵随着笔尖在纸上起舞。一粒粒神奇的种子，承载着希望和梦想、友好和关切、思念和祝福等美好的情愫，从纯净的心灵播撒出来，落在纸上，变成一行行文字。那些青春的情愫，又以曼妙的过程，从文字里飞出，飞进心灵的沃土，发芽生根，长叶开花，结出果实。多少年后，翻阅泛黄的纸页，那斑驳的字字句句，依然飘散着花香果香。

饭盆儿里的春天

两个少女携手并肩,展露着青春明媚的笑颜;两个饭盆儿摞在一起,被一个少女拎在手里。这老照片上似曾相识的画面,引我回到遥远的师范校园。

师范校园里,哪个女孩儿没有一起吃饭的伴儿?用餐时间一到,成双成对的婀娜少女从宿舍或教室出来,闲聊着,嬉笑着,携手并肩走向食堂。两个饭盆儿,颜色有别,大小不一,多是亲亲昵昵摞在一起,被其中一人拎在手里。

她和我就是这样一对儿。她大我一岁,短头发,大眼睛,纤柔美丽,与我同居一室,住上下铺。我们去食堂,拎着饭盆儿的常常是她;我贪恋画画,自习和周末常跑到画室,她常独自拎两个饭盆儿,到画室门口等我。

那个春天的周末,我在画室又描摹了一上午。画室门开着,门外开始有相携的女孩儿拎着饭盆儿向食堂走。甬路边,几树紫荆花挤挤挨挨地盛开。我心中有些不安,不知她还会不会来。我和她早饭时因一点儿鸡毛蒜皮的小事红了脸。我正犹豫着要不要回宿舍找她,两两成双的人群中,闪出她纤细娉婷的身影,她手中的两个饭盆儿亲亲密密摞在一起。我赶紧迎出去,温暖而尴尬一笑,不知说什么好。她忽闪着大眼睛,也只是甜甜地笑,那甜甜的笑容美过了盛开的紫荆花。阳光暖暖的,跳跃在闪亮的饭盆儿上。现在回想,亲亲昵昵的两个饭盆儿,盛着两个少女紫荆花般灿烂友好的春天。

毕业工作后,我与她百里外相望,却仍能偶尔相聚。她过生日,我带了家乡特产跑去祝福她。我参加自学考试,考点设在她的城市。每次考试前,她都写信问清具体考试地点,提前熟悉从她家到考点的路线。考试期间,她从不肯让我住宾馆。自行车时代,在考点与她家之间,我一次次坐在她自行车后座上,悠悠地穿过城市的长街窄巷。我的考点在城市的东南角,而她家在城市的西北郊区,依然纤瘦的她载我骑行,这是她载我最远的一次。在她家吃饭,或被她请去饭店,各式各样的盘盘碗碗,取代了青春时代简单的饭盆儿。我熟识了她的父亲母亲,她的爱人和儿子。我享受过她父亲为欢迎我精心烹制的丰盛午餐,也品尝过她爱人亲手准备的爱心早点。

光阴流转,我和她却从没断过联系,电话、短信、QQ、微信,也偶尔你来我往到彼此城里,聚在一起逛街吃饭。有一段时间她没来电话,我突然有什么预感,那个冬日的上午,匆匆向单位请了假去看望她父母。到她父母家，她正面容憔悴地陪侍母亲。她母亲已是癌症晚期，插着氧气，气喘吁吁，我强忍着泪安慰。近午离开时，她坚持留我去饭店，我却如何也不忍心留下。回去的路上，泪水奔涌，仿佛患病的是我母亲。几天后，她母亲便永远离开人世。

又是春天，又见紫荆花开。小而精致的紫色花挤挤挨挨，绚丽在枝头，恍若青春时那个春天，画室门外灿烂着的一簇簇小花。

摞在一起的两个饭盆儿早已不知去处，盛在饭盆儿里的温暖青春，却像春天里灿烂的紫荆花，在彼此的生命中常开不败。生命的紫荆花树上，平实细小的花儿们因彼此靠近、相互关切，而能相映生辉、美艳动人。我与她，亲密无间，是靠得最近、开得最幸福的两朵。

渗入生命的那场春雨

　　青春时代，四月黄昏，师范校园一棵梧桐树下，我与艳姐初相见。

　　那个黄昏前，同班女友说，上届一位学姐志趣气质和我酷似，不妨相识。闻听此言，极想在另一个女孩儿身上照见自己。于是女友牵线搭桥，我欣然赴约。早晨才下过一场春雨，清新洁净的空气中，充满淡淡的梧桐花香，还夹着雨水和泥土的气息。教室前，梧桐花下，站着一个高个子女孩儿，白衫黑裤，梳一个短的马尾辫，额前鬓角发丝微卷，圆润的脸白里透红，一双水潭般深邃发亮的眼。她就是艳姐。

　　从教室搬出凳子，两个女孩儿初相见，便似久别重逢的挚友，默契对坐，娓娓而谈。从文学谈起，再聚焦于现代诗歌，后来又说到绘画，说到梦想和人生。黄昏斜阳，悄然换作高悬的明月。坐到一起时晚自习还未开始,晚自习结束时谈兴犹浓。

两个月间,经历了几次这样的畅聊,教室前、花园里、宿舍中,都留下两个女孩儿愉悦相对的倩影。志趣相投,我们以这样的交流相互鼓舞。艳姐和同学创建的文学社活动开展得风生水起,加入她的文学社团,更激发了我对读书作文的兴趣。那段时光,我尽兴涂鸦的诗文几乎被广播社同学美妙的声音传送到校园的各个角落。

两个月之后,艳姐要毕业了。她和几位即将离校的文学爱好者,将蓬勃发展的文学社郑重交到我们一二年级同学的手里。由她推荐,我做了散文分社的社长。离校前,艳姐还送我厚厚的一摞水粉纸,初相识,她就得知,文学之外,我还热心于绘画。为了送艳姐到车站,我几经辗转,才借来一辆笨重的二八型旧自行车。虽然我的身体比艳姐单薄,我却坚决载着她,在六月末的炎阳下,竭力坚持蹬了七八里路到了车站。汗水早已湿透薄薄的衣衫,我恋恋不舍的心情却因能为艳姐尽些微薄之力获得了稍许慰藉。这一幕,艳姐在后来的信中每每提起,总觉过意不去。

二年级暑假开学后,艳姐寄给我几本外国文学名著:《战争与和平》《安娜·卡列尼娜》《复活》《一个地主的早晨》,全是列夫·托尔斯泰的代表作品,每本书的扉页上,都有娟秀温情的赠言。随书寄来的,还有一封热情洋溢的信。艳姐说,在故乡的中学做了一名英语老师,第一个月工资拿到手,最先想到的就是给我买书,她希望我多读名著,以大作家为良师，在文学的天地里能看得高一点儿，走得远一些。因为家境和乡村学习环境，小学中学我几乎没读过经典著作。就像久旱逢甘霖，读艳姐寄来的书，常常让我手不释卷。读着读着，恍惚觉得，有贵如油的细雨飘进我青春的生命，一片文学的处女地得到润泽，灵感的嫩芽悄然萌发，文字的叶片慢慢生长。

每天晚自习后，去画室用功。在艳姐赠予的纸上画水粉，即使是寒冷的冬天，那画纸上透出的融融暖意也会如春夜喜雨般飞进心里，对丹青的热爱之树便又拔高一节。

后来，艳姐的书几本又几本地飞落我身边，我又结识了雨果、司汤达、夏洛蒂·勃朗特……毕业那年春天，我在一本省级散文期刊上发表了处女作，和同学成功举办了让全校师生瞩目的画展。我满怀兴奋，以最快速度将好消息寄给艳姐。生日前一天，一场春雨携来了艳姐寄来的礼物和书信，"你的成绩，让我非常欣喜！我已托暖风载着阳光送去缕缕赞美，托春雨捎去茁壮成长绚丽花开的祝愿……"

我毕业后也有了工资，除了频繁寄去热情洋溢的书信，也开始给艳姐寄好书。几年后，各自有了家有了孩子，工作生活更加忙碌，渐渐少了联系。可我对绘画和文学痴情不改，忙碌间，画作一次次获奖，发表的文字也渐渐多起来。怀想往昔，常常念起艳姐。青春时代与她的相逢，就像渗入我生命的一场春雨，底蕴的枝干、才情的叶片以及灵感的花朵，都曾被这温馨美丽的友谊润泽。

青春岁月的那些细软

每到穿起轻薄长丝袜的夏天,便会想起师范校园里美丽娇巧的娟儿。娇小玲珑的娟儿柔顺乌亮的齐肩短发,白白嫩嫩的瓜子脸,忽闪忽闪的大眼睛。夏日,娟儿爱穿白衫红裙,搭上肉色长丝袜和白色高跟鞋。她走在校园里,是一道美丽的风景。

娟儿和我同住一个宿舍,活泼开朗,性情爽直,柔婉的声音带着浓郁的家乡味儿。我和另外六个舍友同娟儿一样,夏日穿裙子,爱搭肉色长丝袜。每人一两双长丝袜,穿得极小心,偶尔脱丝破洞,哪里舍得扔,懂得节俭的女孩子,当然要缝。

同宿舍的八个女生,娟儿缝丝袜的手艺最好。谁的丝袜出了问题,她坐在床边,双手轻盈地穿针引线,一会儿工夫就缝补好。不知她何时备下的肉色丝线，不知她何时练出了那么细密的针脚。一双穿了许多时日、有了瑕疵的旧丝袜，她仔仔细细耐心缝补，像是对待一件珍贵的艺术品。我有双长丝袜不知被什么尖利的东西挂到，脱了半尺来长一道儿丝，像突然生出一长条丑陋的伤疤。经娟儿灵巧的手缝补，伤疤处生出修长柔美的花穗儿，似乎一眨眼就能开出姿容婉丽的细碎花朵来。娟儿穿针引线的柔软瞬间，把舍友的情谊连得亲如姐妹。

　　姐妹们自愧缝丝袜的手艺不如娟儿，可说起缝被子，个个不比男生差。偶尔有男生自己拆了被褥，布里布面洗净晒干，便请女同学帮忙缝起来。有时求到我们宿舍，在家里没缝过被褥的众姐妹欣然应允，似乎都已是缝场高手。于是，大家齐动手，先将两张上下铺的床从东西墙边向宿舍中间移，并到一起，下铺的单人床就变成双人床，缝被褥有了足够宽的地方。然后铺展被里或褥里，展平棉絮，再罩上被面或褥面，你一针我一线地开始缝连。众姐妹合作的结果，是被褥的针脚大小不一，有的甚至歪歪扭扭。然而这有什么呢？散发着洗衣粉清香、阳光暖香和女同学热情之香的被褥，盖起来铺起来肯定更加舒服。男生从女生宿舍抱回缝好的被褥时，满脸欢喜和感激；微笑目送的姐妹们，满脸温情和骄傲。

　　这些穿针引线的柔软瞬间，将友情纯洁的男生女生缝连得亲如兄弟姐妹。

　　女生帮忙男生的事，多在针线般的细节上。记得有一段时间体育课上学习一套新的青年韵律操，姐妹们都很快学会，每一节每个动作都做得规范优美，不少兄弟却还在笨手笨脚地胡乱比画。那套韵律操刚学完，学校就要举行团体比赛，各个班级每个同学都要参加。兄弟们怕扯了班级后腿，就主动拜姐妹们为师。比赛前的日子，晚自习前后，夕阳下，月色中，教室门前，常见女生教男生韵律操的慢镜头。班长梅擅长舞蹈，韵律操学得最好。身姿纤细的梅负责教两个五大三粗的男生，她声音轻细温柔地喊着节拍，一招一式要反反复复做许多遍。那次比赛我们班得了第几，印象早已模糊，梅和几个女生郑重其事不厌其烦做示范动作的慢镜头，却多次清晰地在眼前浮现。

　　那时读师范，学费和食宿都免费，每月每人定额发饭票，饭量小的女生常有剩余，饭量大的男生月月不够吃。学校规定，多余的饭票可以兑换成现金，饭票不足可以用现金去买。几个文弱的女生常常将余下的饭票送给家境不怎么好的男生。送得最多的，是清秀的莲。因为莲的豪气，男生们多叫她莲姐。莲姐一叫开，一直叫到毕业多年后的今天。粗粗拉拉被坚硬岁月打磨过的男生们，热情地呼唤莲姐时，想起当年接过饭票的瞬间，内心一定温馨柔软。

　　生为女子，有几个不喜欢"细软"？"纤细柔软"的含义之外，"细软"指珠宝、首饰、贵重衣物等便于携带的东西。珠宝、首饰、贵重衣物等物质的细软之外，还有诸如细心、耐心、关心、友善、热情、给予等精神的细软。青春岁月里为同学穿针引线、甘为示范、送出关切的柔软瞬间，都是越经时光打磨越光彩照人的另一种细软。

月见草花开的夏天

微信朋友圈里,邂逅一种多年不见的小花,淡黄的花朵,薄而轻柔的花瓣,梦一般飘逸地在图片上绽开。这小黄花,正是青春记忆里的那一朵。青春时代的那个夏天,带着一缕醉人的暗香扑面而来。

那个夏天,在师范学校读书的我到了毕业季。复习功课迎接毕业考试,去画室准备毕业画展,忙碌间,心中萦绕着与日俱增的留恋。

一日黄昏,我正在画室埋头涂染,敞开的窗口忽然响起一个熟悉的男声。转眼望向窗外的瞬间,紫红色的古朴木窗框,将一个翩翩少年的形象定格成永不磨灭的温馨画面。洁净的白上衣,羞涩微笑的脸,伸进窗内的右手指间拈一朵淡黄的小花,薄而轻柔的花瓣,迎着我的眸子灿烂绽开。暮色中的这朵小花，是男生从花园里摘来特意到画室送我。我到窗前，花便开在了我的指间。拈花轻嗅，丝丝迷人的香气梦幻般沁入心脾。

这种小花，已在学校花园角落里，开了两个夏天。不知花名，因为黄昏开放，清早闭合花瓣，又散发出浓郁醉人的香，我们便叫它"夜来香"。这"夜来香"，我以前也喜欢，像喜欢校园里所有的花花草草。那个黄昏，缘于白衣男生的隔窗相送，对这精致芬芳的小花有了别样的爱恋之情。

拈花相送的男生热爱古典文学，擅长书法，喜欢下棋，有着唐诗宋词熏染出的洒脱和儒雅。许是志趣相近的缘故，对他，心中早就生长着一份莫名的亲切感。教室里，凝望过他专注练字的背影；花园里，与他闲聊过唐诗宋词；画室里，陪他认真切磋过棋艺。偶尔畅谈理想人生，他憧憬着教学、读书、写字之余，耕种几分自己的田园，如陶渊明般"采菊东篱下，悠然见南山"。他描绘的美好未来，我也格外向往。我以为，与他是最投缘的朋友，超越了性别，友好如兄弟，或姐妹，所以，近三年光阴，一直与他坦然相对。

那个黄昏，一朵熟悉的小黄花让他微笑的脸泛出羞涩，我的心湖也莫名其妙地起了涟漪。那天之后的黄昏，常常忙里偷闲跑到开着"夜来香"的花园角落，独自享受那缕缕动人心弦的暗香。常常在转脸间，发现他伫立身旁，含笑不语。

几日后，他邀我去校园外看武侠片。怕我尴尬，他带上了同寝室的男生。两个男生，一左一右，引我进了录像厅。那天播放的是《鹿鼎记》。从不热衷武侠的我，坐在两个男生中间，不时偷偷瞥一眼拈花相赠的翩翩少年。他依旧穿着洁净的白上衣，微微含笑的脸藏不住内心的羞涩。我心中像揣了几只小兔子，怦然跳个不停。那是我平生第一次，也是唯一一次进录像厅，只记住了"韦小宝"这个人物，《鹿鼎记》的情节全然不知。他似乎觉出了我的不喜欢，只看了一会儿便拉同伴陪我回校园。后来才知，他极爱武侠，便以为我也喜欢。

毕业后，各自回乡，我们在不同的县，隔了几百里。等待上班的暑假，两个人频繁地书信往来，谈诗词歌赋，聊生活人生，总能洋洋洒洒。夏末秋初，他突然出现在我任教的校园。他几次欲言又止，终于发问："你，将来飞向哪里？"我似乎懂他的意思，却不知如何作答，于是，含笑不语。

后来，从与他要好的男生口中得知，刚刚毕业那段时间，与我保持书信往来的他，一直拒绝和别的女孩恋爱，直到彼此断了音信。

不惑之年的今天，在朋友圈里邂逅记忆中的小黄花，看文字介绍，才知她原来有个更动听的名字，月见草，花语是"默默的爱，自由的心"。月见草，原来就是我们那个羞涩年代的青春之花。一直叫它"夜来香"，就如一直以为与他只是友情深挚。细细回味那个浸润着月见草花香的夏天，才恍然，拈花相赠的白衣少年，虽未说一个喜欢，给我的却是懵懂青春最纯净美好的爱恋。

  送我月见草花的翩翩少年,在远方,是否如我一样,中年静好,幸福安然?

剪报本·猫头鹰·意见簿

当年我们班板报小组的几个同学,有谁会忘记艾冰的剪报本?厚厚的两个大本子,每一本足有十厘米厚。除了硬皮的封面封底,每一页纸上都贴着几朵养眼的图片。图片上,或艺术字,或小插画,或花边。两个大本子上几百上千朵图片,集纳了各色各样的艺术字、风景动物人物插画和装饰花边,为我们办板报提供了取之不尽的艺术素材。

那时的校园,每个教室外墙上都有一块黑板。每班选出几个擅长书法绘画的同学组成板报组,每月一期在黑板的阵地上写写画画,学校每期组织评比。为了评比公平,阵地是流动的。一块块彩色粉笔装扮出来的外墙板报,是一道道增知启智、养眼养心的风景。我们小组办出的板报在道道风景中最靓丽最抢眼,艾冰的剪报本功不可没。

艾冰从什么时候迷上绘画，何时开始剪贴报纸上的艺术字、插画和花边的，初中还是小学，我没问过他。我只知道，同为板报小组美工的我们俩，从一起走进河北定州师范美术课堂的那天开始，他的绘画水平就比我高出一大截。

学校花园南侧有一排课外兴趣活动教室。最西边那间的门上，站立着一只目光炯炯的猫头鹰。那是一幅墨笔勾勒的白描画。

初入师范校园，虽天天路过，这扇猫头鹰把守的房门却让我感觉陌生、神秘、高深，难以走进。晚自习结束，各班教室的灯光陆续被黑暗取代。陆续有人影闪进猫头鹰把守的门，这扇门内的灯光越发明亮诱人。我曾满怀憧憬地停下脚步，望着门内或坐或立凝神观察专注描画的身影，满心的羡慕和向往。这间教室是学校美术活动室，课余在里面画画的都是前两届的绘画精英，可惜我一个也不认识。有几次想走进去，却终因心跳步怯而转身离开。

艾冰是怎么进入这扇门的，我不知道，只知他很快成为猫头鹰欢迎的常客。他很快把我引进去。第一次羞赧地贴近门上的猫头鹰时，艾冰说："别害怕，猫头鹰画室的同学都很热心。"进画室没几天，我便理解了门上猫头鹰的含义：晚自习后，爱好美术的同学聚到这里，临摹写生，也练习创作。每天画至午夜，才陆续回寝室。门上的猫头鹰，是画友们夜夜勤苦习画的自画像和励志图。艾冰一直是画室里离开最晚的一只猫头鹰。除了临摹画册上的范本，写生画室的石膏像,他也常摆些其他静物组合:一个啤酒瓶,搭几只杯子;陶罐里插一束采自花园的鲜花,配上几个苹果……他有条不紊地安静习画,先是素描,然后水彩、水粉,再是写意、油画。每一个画种,在他笔下,都渐渐地活色生香。艾冰的画很快代表了全校同学的最高水平。

后来,艾冰习画的身影不再局限于猫头鹰门内。春日的朝晖和夕阳下,他把画架搬到画室门外,素描甬路边遒劲的老松和娇艳的新花;夏日周末的午后,他背着画夹,走出校门,穿过半座城,去护城河边描摹田野麦浪起伏的风景……

师范三年级,艾冰策划了毕业画展,以他大量优秀的绘画作品为主,我也从稚拙的习作中选出几张滥竽充数。学校图书馆几面墙上,艾冰的每一幅画都栩栩如生、自然灵动。他准备了一个笔记本,封面写上"意见簿"三字,放在图书馆门内的桌子上。画展结束时,意见簿上留下了各种笔体的字迹,一页页都是赞赏和激励的话语。当然,这些话语多是写给艾冰的。

毕业后,偶尔得到艾冰的消息:在小学教书时,每晚到夜校习画,周末坚持到公园写生;上班没几年,考上保定师专美术系;又过两三年,考入河北师范大学美术系;后来到中央美术学院进修,又考入北京电影学院美术系读研……如今,在北京电影学院任教的他,已多次在国内外举办个人油画展,成了当代小有名气的油画艺术家。

小塞涅卡说:"如果一个人知道他要驶向哪个码头,那么任何风都不会是逆风。"艾冰的成长成名成家路上，一直顺风顺水，顺理成章，正是因为他从小就知道自己的梦想之舟要驶向哪个码头。我记忆中的剪报本、猫头鹰、意见簿，就是他向着梦想码头行驶的最好见证。

人生也须"有境界"

"在万千的人群中,遇到低调的人,恍若在幽静的巷子里,听到一段静心的天籁……"

读着作家马德的文字,记忆的巷子里,一段天籁悠悠响起。

多年前的师范校园里,与我同班的一个男生仪容清雅,举止娴静,喜吹口琴,执着于书法。课余,在校园里见他,伫立或徐行时,多是双手捏一柄口琴,置于嘴边轻轻地吹。沉默寡言的他,行动轻手轻脚,连口琴声都轻悠悠的,丝丝缕缕地飘送着,像是怕惊扰到谁。教室东边是学校的花园,一年三季花事缤纷,芬芳不断,即使是冬天,白雪点缀冬青树,也别有一番诱人的丽质天姿。课余到花园赏花的同学中,也有他。独自停在一树盛开的花前，或漫步于菁菁萱草边，注目花草，双眸脉脉，嘴边的口琴飘溢出轻悠悠的旋律。柔美流畅的圆润琴声，浸透着对一草一木的款款深情。似乎那清脆轻柔的悠悠口琴声，就是他向校园向生活倾诉爱恋的全部话语。

坐在教室里的他课上听课，课间和自习练毛笔字、练篆刻，沉静得像是从花园移到教室里的一株冬青。课间，爱闹爱跳的早跑到教室外，爱说爱笑的三五成群聚在教室里欢声畅谈。静坐于座位上的他，在一片喧嚣中，如入无人之境，或紧握毛笔在旧报纸上凝神书写，或稳捏刻刀在石头上专注剜刻，一招一式，一丝不苟。冬青树四季常绿着的蓬勃和希望，便在他舒缓有力的动作中流溢出来。日久天长，在同学们偶尔一瞥的目光中，他的毛笔在报纸上留下的墨迹，他的刻刀在石头上留下的字迹，愈发大气漂亮，引人注意，乃至渐渐脱颖而出。

性情沉静的他喜欢沉默，却并不冷漠。班上涌起过书法潮，哪怕起点最低只有一分钟热度的同学请他指点，他也会立刻放下手中的毛笔或刻刀，慢声慢语地絮絮点拨、有板有眼地认真示范。哪位同学心血来潮，求他篆刻一枚姓名章或闲章，他都微笑应允，尽心完成。花去的工夫是他的，所用的石头是他的，却从来分文不取，刻出的是一枚又一枚极富艺术气息的真挚情谊。

性情所致，毕业时，他的留恋，沉静得像是他趋于娴熟的书法和篆刻艺术，不沾染丝毫烟绕酒熏的颓靡，也不流露海内知己天涯比邻的高调。他的背影远去，留给同学的，是清雅娴静的微笑，是轻悠深情的口琴声，是纪念册中平和真挚的漂亮赠言，是小心珍藏的一枚姓名章或闲章。

再与他联系，已是多年之后。从同学口中得知，他毕业后一直在家乡农村教书，早就成为一名优秀的语文老师，一名当地颇有名气的书法家、篆刻家。如今的他，依然爱吹口琴。

彼此加了QQ和微信，他的话语依然不多，空间里一幅幅书法作品图，楷书端秀大方，行书自然流畅，草书凤舞龙翔。有几次急着整理文字材料，请他帮忙校对，他温和应允。隔着屏幕，想象他微笑的表情，一如当年同学们求他刻章时的反应。工作生活忙忙碌碌的他，材料校对的速度之快超乎我的预期。文档传回来，看校对质量，竟是一个误用的标点都没有放过。

读王国维《人间词话》，我在空间里摘录："词以境界为最上。""境非独谓景物也。喜怒哀乐，亦人心中之一境界。故能写真景物，真感情者，谓之有境界，否则谓之无境界。"他回复："书法篆刻也以境界为最上，所有艺术皆如此。人生也须有境界，活出真风景，活出质朴真情。"

岁月深处的花园里，那轻悠悠的口琴声穿过记忆的巷子丝丝缕缕飘然而来，愉悦入心，宛如一段优美的天籁。那个沉默寡言的男生几十年如一日，以温善的情怀为背景，以热爱与执着为琴、为笔、为刀，吹奏着、书写着、篆刻着"有境界"的低调人生。

专注谱出更美的旋律

"那南风吹来清凉,那夜莺啼声齐唱。月下的花儿都入梦,只有那夜来香,吐露着芬芳……"一曲倾情歌唱的《夜来香》音频,惹得微信群里老同学们赞声一片。熟悉的旋律,熟悉的声音,柔美,婉转,动人。随着纷纷飘落的音符,一个红衣短发的小女生巧笑倩兮地从记忆中轻盈走出。

小女生走进画室,像模像样地给大家做模特儿。她端坐在讲台上,姿态静美,如湖水中一朵安静盛开的芙蓉,老师和同学们围坐在讲台下素描。老师示范的那一幅俊俏侧影,至今刻印在同学们的记忆里:短发柔顺齐肩,刘海儿整齐自然,明亮的眸子凝视前方,透出笃定自信的神采,鼻尖儿微翘,唇角含着微笑。

小女生走进教室，在黑板前奋笔疾书政治复习题。她一手拿着自己的笔记本，一手紧握粉笔，咯吱咯吱，粉笔极有节奏地在黑板上舞蹈，唱着韵律优美的歌儿。沙沙沙，同学们手中的硬笔追随着粉笔的节奏。很快，清晰娟秀的粉笔字就挤满了整个黑板。"同学们，这半边内容抄完了没有？"待得到肯定的回答，她才轻轻挥动板擦，用力拭净黑板左半边的字迹。白色粉笔末在她的黑发和鲜丽衣服上开出星星点点的细碎小花儿，她却浑然不觉，继续专心致志誊写从老师那里抄来的笔记。待她将黑板的左半边写满，同学们已经抄完右半边的内容，她再擦净黑板右半边的内容，继续写下去……师范三年，她做政治课代表，无数次抄写笔记，收发作业，一直做得这样认真。

小女生走进琴房，在脚踏琴上弹奏乐曲，随着美妙动听的旋律，哼唱清脆甜美的歌儿。她向学校最优秀的音乐老师学习钢琴和美声，寒暑不怠，欢喜练习，从不皱眉喊累。通往琴房和音乐老师家的甬路上，无数次闪过她轻捷灵秀的身影。班级和学校里举办联欢会，台上总能见到她娇俏玲珑的身影，坐在钢琴前凝神聚力给同学伴奏，或者全情投入地独唱一曲。犹记得她演唱的那一首《我爱你中国》，音调准确，气息饱满，旋律流畅自然，圆润的歌喉动人心弦。

作为班里的宣传委员，她不仅爱音乐，而且擅朗诵，热心班级和学校的各项活动，事事都能专注对待，全力以赴，做得风生水起。

毕业后，她先教音乐，后教语文，如今在幼儿园做园长。如果说音乐是她的本行，在国家知名刊物上发表音乐教育论文理所当然，那么，改教语文后迅速成为教坛翘楚则让人啧啧赞叹，将一个县市级幼儿园经营出省级示范水平则让人不可思议。她改教初中语文两年便脱颖而出，被选出参加地市级的优质课比赛。公布时距离赛课日期已经很近，赛课篇目多达十个。她上课批改作业处理班务之余，每一篇都深入解读教材，精心设计教程，用心制作课件，夜以继日，满怀激情地准备。抽签时，每一课她都成竹在胸，无论抽到哪一课，比赛夺冠都水到渠成。勇挑重担走上园长岗位后，且不谈烦琐辛勤的日常管理工作结出的累累硕果，单说教学楼重建一事，带来的改变就天翻地覆。一个已至不惑之年的弱女子，从整体规划到各项手续审批，再到多方努力筹集资金，冒酷暑顶严寒在工地上跑来跑去，新楼落成后创意设计巧妙布置，每个细节都耗时尽力、煞费苦心。原本简陋无奇的幼儿园，成为一所集绿化、美化、儿童化、艺术化的高规格、高品位的幼儿园。

如今，那个清纯热情的认真小女生已成为成熟干练的知性美女，幼教老师的知心姐姐，孩子们的爱心妈妈，小城巾帼中的一道风景。她依然热爱音乐，喜欢唱歌。相比于曼妙动人的美声，二十几年如一专注投入、全力以赴的行事态度，在她生命中谱出的是一曲曲更美的旋律。

恍如隔世,又咫尺暖心

任凭她如何聚精凝神,也想不起和他相识的细节,只记得相识时间是他大学毕业前,相识的媒介是文学。作为校友,与他交结的几个瞬间却历历在目,仿若发生在昨天。

记忆里最早的那个瞬间,在他毕业三个月后,当时比他低一届的她刚刚开学。周末,在校园的甬路上遇到他,就像一次寻常的邂逅,他脸上并没有过多欣喜,话语也并不比普通同学多。她礼节性地寒暄几句,就挥挥手去忙自己的事情。她以为他回学校办什么事情,并不关心他什么时候回来,又是什么时候离开。

陆续接到他的书信,有时一两页,有时三四页。之前,好像没见过几面,浮光掠影的印象中,他是含蓄寡言的。信中的话语却似活泼的流水,潇潇洒洒又热情真挚地流到她眼底。问候祝福之外，说他毕业后的工作，关心她的学习，更多是聊读书，谈文学。每一封信结尾处，似乎意犹未尽。他的心底似有一条源远流长的河，源源不息地流向她这里。礼尚往来她每每回信过去感谢、问候，也祝福，说自己的学习，也和他聊读书，谈文学。恭谨有礼的态度，像是回复一个远房的兄长。

她以为，与他的交结仅限于来往书信。

她毕业那年春天，他又回到学校。他敲开她宿舍的门，在姐妹们的注目中，东一句西一句地和她闲聊。这一次，她看清了他深潭似的眼和唇边短短的髭须。他依然是含蓄寡言的。寥寥的话语中，他提到大学几年，因为爱读书，在电影院旁的新华书店结识了一位兄长般的挚友。他回来，晚上就住在书店宿舍里。她想，他此次回来是与那位挚友叙旧的，只是顺便看一眼自己这个志趣相投的小师妹。

他回去几天，便寄来一封信。信中说亲友几次热心地为他介绍对象，他一次次回绝，最近又介绍了一个，父母非让见面，他来信征求小师妹的意见。她很快回信，没过几天就把回信内容忘得一干二净。

初夏，一个周末中午，他再次走进她宿舍的门，犹犹豫豫地闲聊几句，便起身出门。她送到门外，他回过头，低声说："晚上，一起去看电影吧。我住在书店朋友宿舍，七点钟在书店门前等你。"不等她回话，他便羞赧地转身离开。她内心惊慌地回到宿舍，姐妹们笑着打趣："他怎么老回学校找你，肯定对你有意思吧？""这位师兄长相气质还不错，就是不怎么健谈。""他和你家乡离得那么远，将来工作不在一块儿怎么办？"她心中更加慌乱。

被男生单独约请看电影，还是第一次。到底去不去，忐忐忑忑，犹犹豫豫。下午时光如飞，很快到了六点。天居然下起了雨，她拿起伞走出宿舍楼，空中的雨疏疏缓缓地飘落，也犹犹豫豫、忐忐忑忑的样子。在学校门口，她遇到班上的体委。体委没带伞，刚从外面回来。她如见到救星一般迎过去，"陪我去趟书店，师兄请我看电影，我一个人害怕。"高高瘦瘦的体委一向侠骨柔肠，与她同乡，也是文学爱好者。

去书店的路上，天慢慢黑下来，雨也越下越大，她和体委挤在一把伞下，浓浓的雨腥味淹没了两个人温热的气息。

到书店门前，雨已瓢泼如注，他站在檐下等。影院没开门，或许因为下雨，没有别的观众吧。那个年代，罕见私家汽车，没有手机，连公共电话打起来都极为不便。这么大的雨，他不确定她肯不肯来，又怕与她走岔路，没有去路上迎她。他引她和体委去了朋友宿舍。灯光下，他的白衬衫湿漉漉的，一定是等的时间久，被檐外的雨溅湿的。他和朋友，她和体委，四个文学爱好者，在简陋的书店宿舍里，和着窗外哗哗啦啦的雨声闲闲地聊着，聊读书，聊文学。含蓄寡言的他目光一会儿落在她身上，一会儿又看看体委。雨声渐小，她和体委告辞。

从此，她再没见过他。毕业回乡工作，与他书信往来了几年，彼此问候祝福，说工作、聊读书、谈文学，也说各自的恋爱。他结婚前，她曾寄去大红的被面祝福，他新婚后寄来一包喜糖致谢。后来她也嫁了，渐渐断了联系，直至彼此杳无音信。那个雨夜前后，她与体委也并无故事。

青春路过的那些瞬间，像是多年前清晰印在脑海中的电影镜头，故事的开头和结局都模糊不清，然而那些镜头真真切切地上演过，充实过青涩漫长的成长时光。最好的证明，是发黄信纸上依然清晰的字句，一夕重温，恍如隔世，又咫尺暖心。

牵手一时，相亲一世

八只细嫩白净的手，每只都手背向上，拇指、无名指和小指藏在手心，食指、中指分开伸直成一个锐角。十六根纤白手指指尖相连，拼成一个八角星图案，被塑胶操场的嫩绿背景烘托着，美丽而富有生机。

那是四双青春女孩儿的手。四张女孩儿的脸隐在画面之外，除了八只俊秀的手，画面中只显露着学士服的墨绿衣袖。画面右下角那双最纤长的手，是我女儿的；伸出另三双手的女孩儿，是女儿大学寝室的三个姐妹：思桦、楠楠、丹丹。

女儿大学毕业前将这张照片发在微信圈，标注了一行文字：321，永远爱你们。321，是四姐妹所住敏园公寓寝室的门牌号。

那个初秋,乘飞机到遥远的成都,送女儿进入大学。报到后去敏园321寝室,寝室内居然已打扫一新,床铺、桌面、地板、卫生间一尘不染。家在江苏南通的思桦和妈妈提前一天到达,忙碌了整整一天,省去后到的三姐妹很多麻烦。那一天,我便喜欢上了娴静少言、温润如玉的思桦。

女儿报到第二天,校医院体检,四个笑颜如花的女孩儿手牵手轻盈地跑向等候的队伍后面。四个喜盈盈的女孩儿,除了女儿和思桦,还有来自四川广元的楠楠和来自重庆的丹丹。寝室相逢,只共度一个夜晚,如何把来自天南海北的陌生变成欢愉牵手的熟悉?我远远望着她们,即将和女儿分别的惆怅被一缕缕欣慰的清风吹散。

五一假日,我又飞去成都。起程前,奉女儿之命给三姐妹购足家乡特产。和女儿在四川游玩两日,随她回寝室。三姐妹刚从家中度假归来。闲聊间,丹丹突然对女儿高呼:"坤儿,你还欠我两块钱!"女儿抱歉地说:"可不是,马上还!"我心中窃笑丹丹咋咋呼呼讨债般"小气",女儿却淡然解释:"外出吃饭、寝室里一切生活必需品我们都 AA 制分担,欠债就该还钱。"女儿还过两元钱,三姐妹各自热情洋溢地奉上家乡特产。我暗暗佩服起这些 90 后女孩儿,账算得如此分明,却又懂得幸福地分享。

每每对着电脑在 QQ 里和女儿视频,屏幕通话框里,三张笑脸会突然从女儿身后闪出,对着我和爱人响亮地喊:"阿姨好!叔叔好!"寝室里,四姐妹一起通过网络视频问候各自的爸妈，一起吃喝洗涮，一起玩游戏看电影，一起海阔天空地做梦，更多时候，是一起读书学习，为了考试挑灯夜战，为了课题分工合作、攻坚克难。

不知道四姐妹曾多少次牵手进出食堂、教室和图书馆，走过校园的花草树木、四季轮回。我只记得女儿述说的那些牵手瞬间：

冷冬时节，她们牵手走入大学附近的社区，用几双热情洋溢的巧手温暖空巢老人；暑假里，她们牵手奔赴四川泸州偏远贫困的小村支教，住简陋的宿舍，迎着热浪侵袭和蚊虫叮咬，给留守儿童讲课，教他们游戏唱歌，赶走孩子们的孤独寂寞；为了研究与羌笛文化有关的课题，在地震后重建的北川，她们牵手走在巴拿恰街头，寻找北川文化馆，寻访羌笛艺人……

毕业典礼结束，四姐妹把各自的生活学习用品打包快递回家，牵手走出共居四年的寝室，准备开始毕业旅行。打车去火车站，因路上拥堵误了火车，不知听谁建议，又打车到绵阳去追赶那趟误了的火车。误了的火车没追上，预订的卧铺票作废，只买到下趟车的硬座，近三十个小时一路颠簸到西宁。辗转倒车到青海湖畔，牵手徜徉于油菜花海，饱览着湖光山色，漫步在浅水区踩湖泥……游完青海湖去敦煌，四姐妹牵手的倩影又定格在莫高窟、鸣沙山、月牙泉……依依惜别情，消融在一直心驰神往的自然风光与人文景观里。

毕业半年后，参加工作的女儿去杭州进修。在南京和上海读研的楠楠和思桦得知消息，趁清明假日赶去与女儿相会。女儿微信发来的照片中，三个女孩儿牵手微笑着伫立于西子湖畔鲜绿山水间。女儿说，成都读研的丹丹因事未到，她思念的手早已穿过千山万水和姐妹们相牵。

将来，四姐妹心中会常常伸出思念的手吧？穿过千山万水相逢的四双手，手背向上，藏起拇指、无名指和小指，食指、中指指尖相连，拼出美丽的八角星，照亮分别后的寂寞时光，也将各自前程辉映得更加光明。

因为如此美丽的八角星或 N 角星，独生子女们不再孤单，我们这些独生子女的父母，也因此感到欣喜和慰安。祈望着青春牵手的孩子们一世相亲，生命永远不孤单。

那朵谎花，惊艳过青春

是涌动的春意召唤出楼下的葫芦丝，还是葫芦丝的曲子召唤出小区里的春意？《月光下的凤尾竹》，一首娓娓动听的著名抒情曲，每日悠悠扬扬地飘散。楼前楼后的花园，嫩叶喷薄而出，粉的杏花、紫的丁香、红的海棠团团簇簇与蜂儿嬉闹着，迫不及待赶到枝头。墙角几朵蒲公英也忽然绽开金黄的脸儿，在和风暖阳中娴静地微笑。

葫芦丝吹出的是施光南谱的曲子，吹葫芦丝的人也定然知晓歌词的创作背景。词作家、诗人倪维德到云南德宏州芒市坝子采风，月光明亮，晚风轻摇，竹尖曼舞，正值生命春天的傣族男女成双成对在竹林中谈情说爱，卿卿我我，情歌呢喃，葫芦丝声声……此情此景，让倪先生诗兴大发，挥笔写成《月光下的凤尾竹》歌词："月光下的凤尾竹哟喔喔,轻柔啊美丽像绿色的雾哟喔喔。竹楼里的好姑娘,光彩夺目像夜明珠……金孔雀跟着金马鹿,一起走向那哎绿色的路……"

春天的葫芦丝名曲,让人联想起美妙年华的爱情。他们的缘结于下火车的瞬间。车门边,等待下车的乘客中,她高挑的个子,白衫粉裙,肤如凝脂,长发明眸,是气质脱俗的高颜值女孩儿。站在她身后的他,身材敦实,肤色黝黑,虽五官周正,却与"高富帅"不沾边。她拖一个大的拉杆箱,他背一个轻便的包。车门打开,她提起箱子,很吃力的样子。他上前一步,憨憨一笑,"我来帮你拎箱子。"看他朴朴实实,一脸书卷气,不像坏人,她便把箱子递到他手里。下车,出站,候车,上公交,直到踏入大学校门,他一直跟随,帮她拎箱子。从不曾相识的两个人居然同校同年级,只是学院专业不同。结缘之时,在大一暑假结束,大二开学之时。

互留了联系方式,消息往来,竟聊得默契,相貌平常的他渐渐在众多追求者中脱颖而出。宽和大度,温柔体贴,每次放假回家,开学归来,与她顺路的他开开心心做护花使者,做她的"拎包客""拖箱客"。他是金融学院的学霸,钢琴社的首席键盘手,还会用葫芦丝吹奏旋律优美的乐曲。第一次听他吹《月光下的凤尾竹》,是在温暖的春夜。大学花园里,她和他相依坐在长椅上,有花香萦绕,也有月光和竹影。曲声轻起,她闭着眼,觉得繁花在飞,月光在飞,竹影在飞,自己和他也飞起来,像两个长了翅膀的天使飞向幸福的天堂。后来,他常常为她吹起这首曲子。

虽然跨专业,解决学习难题,修改专业论文,他居然也能帮到她。自习室里,他啃他的专业书,也啃她的专业书。天资过人、专注执着的他,在两个人的学业上都能所向披靡。出双入对,大一时不甚优秀的她也被他带成学霸。

每天一起泡自习室,她一趟趟轻盈地进出,为他添茶续水。为他洗过床单被罩,为他买过新的葫芦丝……享受着他生活和学业上的呵护,她也乐于为他付出。大学里的爱恋如春日花园里明艳似火的桃花,清纯绚烂,不染尘俗。

他俩又一起获得保研资格,一同到北京读研。虽不在同一所大学,相互找起来也很容易。又经过许多美好的瞬间,其中包括他用葫芦丝为她吹《月光下的凤尾竹》。他们都以为"金孔雀跟着金马鹿",会"一起走向那哎绿色的路……"

毕业工作,一起留在北京,他的薪水要比她高许多。见双方父母,谈婚论嫁,都排上日程。开始有了波折,先是她的父母嫌他与女儿站在一起海拔不高,颜值太低,想拆分他们;再是她依从父母,要求他把工资卡交给她,让他家里资助买房买车,房子车子都登在她的名下。种种现实的矛盾从此生出,以他主动提出分手而结束。他们的爱情像春日的一朵谎花,在枝头惊艳过,却最终没能结出婚姻的果实。"金孔雀"和"金马鹿"分道扬镳,没能一起走向"绿色的路"。

很多人的青春都开过这样一朵两朵甚至几朵爱情的谎

花吧?世间男女,从超尘脱俗的初恋到走进烟火凡庸的现实婚姻,大多要经历一些波折吧!每一桩婚姻都得来不易,且行且珍惜。不管彼此爱情的过往中是否有谎花开过,无论几度花开结出的果儿,都要小心呵护着,才能丰硕芬芳。

走散了，不必说再见

又是一次同学相聚的盛宴。推杯换盏，尽兴言欢，不知不觉又到了酒干人散的埋单时间，大家都已离席，说笑着往门外走，道着留恋，准备说再见。

能尽地主之谊的只有他和她两个人。其余都是外县市的同学，他打电话招呼，他们便远道而来，马上又要远道而去。她也是他打电话招呼来的，按理埋单的应该是他，他却醉了，双眼迷离，身子歪斜地走过收银台，埋单的事似乎与他无关。她又一次掏出钱包，走向收银台。

她和他大学同窗四年，故乡同城，大学期间又曾在一个团队参加过社会实践，论亲疏，自然比别的同学近一些。她从来不是吝啬之人，却在几次代他埋单之后，不再赴他的聚会之约。虽然每次聚会隔得时间不短，饭钱也不过几百，然而那些外地来的同窗在校时与她只是见面点个头，话都没和她说过几句，这样被动地埋单，哪个喜欢？一晃，她与他虽近在咫尺，已两年不见。

　　看一位陌生朋友的博客，高中时代一个要好的同学，毕业后与朋友称兄道弟联系多年，却在经商折本向他借钱后消失不见。是无力偿还，还是躲着不肯见？情同手足，却敌不过一万元的债。

　　女儿读大学时同一届某学院的院花，是同学们公认的白富美，大一下学期开始狂热追求同学院颜值欠佳的学霸男生。两个人很快出双入对。生活上，院花温情细致，体贴入微；学业上，男生拼全力相帮，拽着身边的美丽女生与他齐头并进。大一成绩落后的院花，大四之初和学霸双双获得保研到名校深造的资格。大家都以为他们的爱情可以天长地久，是留给学弟学妹的一段佳话。出人意料，女生收到保研通知没几天，就泰然自若地向学霸提出了分手。芳草地、银杏林、图书馆、自习室、餐厅、体育场……两个人牵手走过的足迹，几乎叠印在校园的每个角落。一分手，毕业前的那段时间竟然很少再相见，即使偶尔遇见，也似乎不相识，漠然而过。

　　因钱而散，因情而散，总算有过交集，有一段美好的记忆。同窗几年，有的因志趣不投——你在足球场上叱咤风云，我在实验室里废寝忘食——加之选修不同的课程，面都难见，缘来时也并未真的相聚。毕业多年后相聚，那份情谊能深到哪里！

　　同窗之谊，未必都能天长地久。也许从未有过交集，便谈不上失散。即使"风华正茂"时曾"携来百侣曾游",即使曾"书生意气,挥斥方遒",忆往昔峥嵘岁月稠,恰同学少年,同窗之缘,也未必是牵系一生的红线。或许时过境迁,或许志趣改变,或许人心移易,走着走着就失散。若失散,不妨各行其道,各自安好,何必说再见?

灯火阑珊处,意兴索然时,偶尔相忆,岁月深处,那翩翩少年,亭亭少女,披一身阳光,让心中一暖,也算是相惜。

第六辑

遥相望：才情如叶善如花

做不得枝繁花盛的高大乔木，成一丛矮小的开花灌木、一株无名的草本花卉也好。闲时行几里路、读几页书、交三五益友，开阔视野、修养性情、培育善心，言谈微笑、举手投足间，让精神之叶常鲜，让灵魂之花常艳，为尘世常添明媚馨香。

风中茅草,千年不朽

冯至先生说:"人们提到杜甫,可以忽略杜甫的生地和死地,却总忘不了成都的草堂。"今日的成都草堂,古木遮天,花草匝地,游人如织。苍松、翠竹、香樟掩映之下,低矮故居的茅草如巍巍峨眉金顶上的阳光,穿越千年,散射着思想的金辉与人性的光芒。

一千两百多年前,杜甫携家眷流落成都,在友人帮助下,于浣花溪畔搭起几间可以栖身的茅屋。"舍南舍北皆春水,但见群鸥日日来"的田园风光,让他写下许多歌咏自然的诗篇。然而,中原干戈扰攘、哀鸿遍野的现实,如火红的烙印深深烙刻进诗人的灵魂,旧痛犹深,新伤又至。

秋风秋雨,最是愁人,叫嚣的狂风掠走诗人屋顶的茅草。高树梢头,水塘泥沼,顽童的怀抱,四散着凉夜里那层轻薄的温暖。刚刚五十岁的诗人已如风烛残年的老人,欲追无力,欲呼舌燥,颤巍巍拄着拐杖,一声声长长地叹息。

飘散的茅草和诗人的叹息化作墨云急雨,浇湿了难挨的长夜。盖了多年的粗布薄被,被孩子蹬破了被里,铁一般僵硬寒凉,触疼了诗人的心。被狂风卷走的茅草,漏入屋中的急雨,都是惹人的心事,怎能入梦?

"会当凌绝顶,一览众山小。"他想起年少轻狂时"放荡齐赵间,裘马颇轻狂"的生活。唐朝犹盛,仓廪尚丰,家境还好。齐鲁大地,望岳抒怀,安社稷,济苍生,誓攀绝顶的凌云壮志盈满心胸。

"文章憎命达,魑魅喜人过。"他想起奸臣当道,壮志难酬,奔波数载的他依然身微言轻。秦州的秋风里,得知一腔爱国诗情的李白受诬致罪,爱莫能助的他只能将悲愤与同情寄予远去的鸿雁,然而,天涯路遥,"鸿雁几时到"?李白的冤与自己的屈,只能投诗汨罗,向屈原诉说。

"感时花溅泪,恨别鸟惊心。"他想起安史之乱中,自己身陷长安,春天里,草木荒凉,国破家散。月华遮不住长安城的残败凋敝,皎皎明月,照亮诗人骤增的白发。遥想异地的妻子独守空房,久久望月,雾湿发丝,泪浸双腮,所有的别离之苦化作殷殷期盼,"何时倚虚幌,双照泪痕干。"殷殷地盼啊,盼来的是入门后听到的号哭,是"幼子饥已卒"!

"少陵野老吞声哭,春日潜行曲江曲。"他想起也是春日,被掳至长安的自己偷偷走在曲江弯曲处,怅惘中忍不住低声哭泣。昔日繁华已逝,帝妃游冶的欢娱不再,皇帝南逃,子孙被弃。体无完肤的王孙在荆棘丛中奔走哭泣,不敢说出真名实姓,穷困潦倒情愿为奴。

"新鬼烦冤旧鬼哭,天阴雨湿声啾啾。"他想起自己在咸阳桥的所见所闻。统治者的穷兵黩武,换来的是埋没荒草的役夫们的白骨。石壕村中,悍吏夜捉人的情景还历历在目。三男服役,二男战死,媳妇衣不蔽体,老翁跳墙逃走,老妇被逼服役,凄凄惨惨,幽咽之声塞满了忧愤的投宿之夜。

…………

一幕幕往事的骤雨,刀子般划刻着诗人的灵魂。因为一束束飘飞的茅草,寒凉的秋夜被雨淋湿,他推己及人地漫漫回忆。雨中渐白的天色,让憔悴的诗人从痛苦的旋涡中挣扎而出,他倾尽大半生的希望和力量,发出一声穿越千年的呼唤:"安得广厦千万间,大庇天下寒士俱欢颜。风雨不动安如山!呜呼!何时眼前突兀见此屋,吾庐独破受冻死亦足!"这一声呼唤,散发着爱国忧民、普济苍生的人性光辉,随着时间的流逝,越来越显示出恩泽万世的无穷魅力。

诗史长存世间,诗圣常忆心田,杜甫的茅草经风沐雨,千年不朽,已化作物质和精神上的稻香丰年和华庭锦厦,饱暖着苍生,辉煌着社稷。

身往不如神往

那年秋,从成都坐旅游大巴去峨眉的途中,邂逅路标上的"眉山"二字,那时起,便多了一份神往。神往之地,是宋代著名文学家苏洵、苏轼、苏辙的故居,眉山的三苏祠。

心驰神往的,是一处古典园林,红墙环抱、绿水萦绕的院落,古木扶疏,翠竹掩映,楼台亭榭古朴典雅,匾额对联词意隽永。

心驰神往着,便有朗朗月色、徐徐清风乘着苏轼的《水调歌头》款款而来,盈满心空。一遍遍听邓丽君柔声唱着苏轼的这首《明月几时有》,人世的悲欢离合,自然的阴晴圆缺,全化作歌声一般的月光之舟,载着我的一骑神思,溯历史之流而上。至1076年中秋,便听到俊逸豁达的苏轼对远方弟弟深情地祝福:"但愿人长久,千里共婵娟!"

眉山，兄弟二人出生成长的地方，有着他们对父亲苏洵最美好的记忆。痴读万卷诗书，畅游万里长路，壮怀远大抱负，见识深远，眼光犀利，议论精辟，行文练达，散文气势如决口江河般奔腾纵横。享天伦之乐的同时，慈父苏洵是楷模和良师。正是父亲的日陶月染、潜移默化，才造就了苏氏兄弟同榜及第，轰动京师，也才有了唐宋八大家中的父子齐名。

　　滤去仕宦的奔波坎坷，我心驰神往的三苏祠只罩着一层清明温情的月光。月光罩着相亲相念、才冠八方的父子三人，与眉山同在，与三苏祠同在。

　　国庆假日，远游的目标便是三苏祠。不远几千里，只身乘飞机到成都。10月1日，早早从宾馆出发，打车到新南门车站。车站售票和候车的大厅外，几条缓慢蠕动的长龙，挤挤挨挨的人望不到头。长龙的缝隙里，被穿梭来往着的人填满。好不容易挤进大厅，却被厅内的阵势吓呆：更多的人拥在一起，叠在一起，哪里还寻得到一点缝隙！要想尽快到厅内的售票处，除非长出翅膀！问了几个人才知，外面那几条长龙蠕动而去的地方，就是临时添加的售票处。挤出大厅，挤到一条长龙尾部，慢慢蠕动。买完票，九点钟。

　　我再次挤进大厅，贴到成千上万拥叠在一起的人后面。只几分钟，身后就又拥贴上一层人，又一层人，很快，身体就感受到拥挤的力量，身不由己。慢慢地，一只脚已无落处，身体被架空。浩浩的人群里，响着各种各样的声音，夹杂在各种混浊的味道里。我被拥在人群里稍停一会儿，便随着前面的人前趋几步，如此往复，时间流逝。

一个三四岁的小男孩儿抽泣着，被母亲举起，隔着两个人传递给父亲。

一只红色女包被人高举着，伴随着高声问询："谁的包？"

一只宠物狗在人群里愁眉苦脸吐着舌头。

悬空的电视屏幕上演着艳俗的韩剧。没有目光聚焦韩剧，人们的目光里是等待，是无奈，是忍耐。

中午十二点，我终于坐上去眉山的汽车。高速上，是各种车的长龙。汽车走走停停，近三点，终于抵达眉山。下了汽车，打车到三苏祠。一条歪歪斜斜、尘土飞扬的老街，一边是锈迹斑斑的脚手架。三苏祠正在修缮，祠门紧闭。失望中，在祠门对面一个小饭店里要了东坡肘子，却是再平常不过的手艺。

悻悻而归，悔着这次不远几千里的身往。人流如大潮奔涌的假日，哪如宅在家中，泡一杯香茗，赏读三苏，明月清风般遐想，神往眉山，与父子三人心灵际会，今古共鸣。

谁道人生无再少

河北省定州市刀枪街文庙前院,东西各有一棵槐。两棵槐古老而年轻。古老到什么程度?东面的树干粗大,被岁月镂空成片块状,五六个人手连手不能合围;西面的树干分裂成板条状的两部分,各向东西,中空,可容纳一个七八岁的孩子。变空变形的树干都已发黑,叶落枝秃的冬日,看上去全无生机,似乎已枯死。年轻到什么状态?炎炎夏日,枝繁叶茂的树冠如两把巨伞,浓翠遮天蔽日,清凉的绿荫几乎铺满整个院子。

据《定州志》记载,这两棵槐为宋代文学家苏轼元祐八年(1093年)被贬到定州时所栽,"手植双槐","东者葱郁如舞凤","西者虬枝如神龙",名"东坡双槐",又叫"龙凤双槐"。若据此记载,两棵古槐树龄已有九百多年。

东坡双槐，曾是我年少时的芳邻。1987年至1990年，我在定州师范读书，学校与文庙只隔一道东墙。站在校门内，东坡槐的繁枝茂叶抬眼可望。与双槐为临，便觉与"手植双槐"的苏轼近在咫尺，开始青睐于他，涉猎他的诗文，感悟他的人生。

东坡"手植"的龙凤双槐，又被当地老人称为"爱情树"。深爱上苏轼，正是因为他对妻子王弗的爱情。初读苏轼，就读到他悼念亡妻的词《江城子·乙卯正月二十日记梦》："十年生死两茫茫！不思量，自难忘。千里孤坟，无处话凄凉。纵使相逢应不识，尘满面，鬓如霜。夜来幽梦忽还乡。小轩窗，正梳妆。相顾无言，唯有泪千行。料得年年肠断处，明月夜，短松冈。"

1075年，初到密州知州任上，苏轼年近四十，词中形象却已满面风尘，两鬓如霜。英年苍老，除了与当朝权贵不和、悒郁不得志的原因，怕也是常常日思夜梦故乡眉山孤坟里的爱妻，时时空寂伤感所致吧。爱妻亡故，归葬故里，时隔十年，地隔千里，那份深情挚爱凝成的刻骨思念，仍然字字悲凄，惹人落泪。我读这首词时，情窦初开，理想中的爱情，两心相惜，生死不渝。反复低吟《江城子》，每每眼中含泪。伫立于文庙院内，望着被老人们称为"爱情树"的龙凤双槐，痴痴地猜想：被贬定州植此双槐时，五十几岁的苏轼或许心中仍冀望着与故去近三十年的爱妻，根缠绕于地下，枝叶牵手于空际。那时对爱情的美好憧憬，也是与一个苏轼般深情意笃的男子相逢。

再读苏轼,更爱上他虽遭贬谪却老当益壮、自强不息的乐观态度和随缘自适、自我排遣的旷达情怀。

雨中的初春,被贬黄州的苏轼游清泉寺,初生的兰芽浸在溪中,松林间沙路一尘不染,黄昏的雨中,布谷声声。面对此景,他发出令人振奋的议论:"谁道人生无再少?门前流水尚能西!休将白发唱黄鸡。"谁说人生不能再回到少年!门前的流水还能向西边流淌!不要在老年感叹时光的飞逝。只要有积极乐观的心态,就能永远年轻!

秋夜在古树下漫步,默念他的《记承天寺夜游》,怀想他在黄州时与好友张怀民秋夜闲游的画面:如水的月光积满承天寺庭院,院中轻摇的竹柏倒映"水"中,如水草交错纵横;两个人并肩漫步,喁喁低语。"庭下如积水空明,水中藻荇交横,盖竹柏影也。"校园夜色,与九百多年前何其相似,凉风飒飒,校园松柏与文庙古槐叶声沙沙。恍惚间,苏轼就在槐下,我则化身怀民,正等着苏轼来访,与他携手漫步,听他吟诵:"何夜无月?何处无竹柏?但少闲人如吾两人耳。"

被贬黄州之后,苏轼又先后被贬到杭州、颍州、扬州、定州、英州、惠州、儋州等地。一贬再贬的遭遇并未影响他超然物外的旷达态度,以及他对积极人生和美好事物的追求,倒是让他有了极为丰富的人生阅历,为他成为诗文大家提供了流淌不尽的创作源泉。除了卓越的文学成就和让人钦敬的情怀态度,苏轼的政绩同样不容忽视。

单是我游过的杭州,流传至今的苏轼政绩就不可胜数。

一次大旱，土地干裂，他发动百姓把西湖挖深，让它储存更多的湖水来浇灌农田。挖出的湖泥堆成一道长堤和一个小岛。为了便于观察水情，在湖水最深的地方立了三个石塔作为深水记号。这道长堤也就是现在的苏堤，小岛和三个石塔的范围就是现在的"三潭印月"。判官妓从良；灭蝗灾；浚治运河；上书赈济浙西七州；捐黄金五十两建安乐坊，三年医愈千人……

　　林清玄说："一想到笔下的文字将比我更长寿，就忍不住泪湿衣衫。"张丽钧说："一想到笔下的文字比我更长寿，就忍不住笑逐颜开。"九百多年前的苏轼，想到笔下的文字比他更长寿，不知如何言语，表现出何种情态。"谁道人生无再少？"苏轼的人生，依然年轻在他留存至今的两千七百多首诗、三百九十八首词、四千八百余篇散文里。苏轼的气息依然清新蓬勃，如定州双槐年年生发的繁枝茂叶，如西湖之中日日美丽优雅的苏堤……

相逢恨晚的一联阳光

　　无论严寒酷暑，我们小区门口都排着长长的三轮车队伍。开三轮车的人中，不乏年轻师傅。那日出门，排在队伍最前面的是个三十岁左右的女人，略微发福的高大身材，整洁的红衫黑裤，被夏日阳光晒得发红的圆脸，杏眼薄唇。坐了女人的车，车内舒适干净，女人说话也麻利爽快。丈夫离家打工，公婆在家做饭，她每日除拉客赚钱，上学放学时间，雷打不动接送两个上小学的女儿。

　　这个以开三轮车为业的女人，让我想起多年前所教初中班级里一个男孩儿的家长。男孩儿瘦且小，顽皮得像猴子，上学前放学后，最爱的去处是网吧。请家长到办公室，来的是他父亲，一个骑三轮车的男人，矮小瘦弱，一脸和气。男孩儿还有个上小学的弟弟，那时少有电动三轮车，国家还没有免除义务教育阶段的学杂费。这位质朴憨厚的父亲靠着看上去并不充沛的体力，以蹬三轮为业供两个孩子上学。为了杜绝儿子再去网吧，上学放学时间，他常蹬着三轮车到校门口，送男孩儿到校，迎男孩儿回家。为此，他肯定耽误了不少生意。

当时，对这位艰辛打拼却又深爱儿子的父亲怀着深深的敬意。然而，我教育他的儿子用功读书时却说："父亲一定不希望你像他那么辛苦地蹬三轮车养家，一定要努力，争取学业有成！"现在回想，我激励的话语包含着对那位父亲职业的歧视，与一些师长教育孩子时所说的"你不好好学习，长大就去扫大街、捡破烂"并无本质区别。我不知道如今在部队服役的男孩儿有没有受到当年老师话语的影响，是否对父亲苦力谋生的差事有些许轻视。每每想起，就会有一层愧意，雾霾般笼罩在我心里。那时读书太少，不知道北宋文学家张耒的教子诗《示秬秸》。

每日五更时分，月亮刚刚从城头落下去，寒霜如雪，曙光尚未显现。更鼓声从楼上传来，声音冰冷凄寒，似乎要断绝。此时此刻，人们多还在睡梦中。随着一声悠长的叫卖，空荡荡的街头走出一个小贩，捧着盘子，盘中盛满刚出锅的饼。北风呼啸，像冷箭一样射在饼上，也射在身上。衣服单薄的卖饼小贩打个寒战，继续迎风叫卖……

卖饼小贩，正是张耒家的北邻卖饼儿。张耒以明白晓畅的语言，将卖饼儿的生活写入律诗前三联："城头月落霜如雪，楼头五更声欲绝。捧盘出户歌一声，市楼东西人未行。北风吹衣射我饼,不忧衣单忧饼冷。"读这几联诗,卖饼人的艰辛生活跃然如在眼前,很多读者或许都会生出深深的同情。

学而优则仕,唯有读书做官高的时代,为人父母者,大多不希望孩子从事卖饼一流的职业吧?这首被后人命名为《示秬秸》一诗的尾联,张耒却告诫儿子张秬和张秸:"业无高卑志当坚,男儿有求安得闲。"人们从事的职业并无高低贵贱之分,但志向都必须坚定。就像北邻卖饼儿,寒暑不辍,辛勤从事一种职业,其志可敬可佩。男子汉就应自食其力,有所追求,用坚强的意志与努力开创自己的事业,哪能做游手好闲、天天游荡的懒汉呢?

"业无高卑志当坚,男儿有求安得闲。"短短一联诗,教育的境界超尘脱俗而出,像一道温暖和谐的阳光,将这首教子诗照亮,也将秬秸二子和世世代代读者的灵魂照亮。自悔与这一联古诗相识太晚。若与这道阳光早早相逢,回望自己的职业观教育时,我心中就会敞亮许多。我当年教过的孩子们,今日无论从事何种职业,心中也会敞亮许多。

不管男儿女儿,有健康的追求,志向坚定,职业生命就有不可低估的价值。愿张耒的阳光与更多父母师长和子女相逢,将三百六十行的人生照亮。

先生的镜子

惭愧得很,读汪曾祺散文前,对沈从文的认识只停留在他是一位文学大家,写过小说《边城》而已。因为没读过,对《边城》的环境情节人物几乎一无所知,所以对沈先生的文学造诣不敢妄加评论。

有幸读到汪曾祺散文《沈从文先生在西南联大》和《星斗其文,赤子其人》,在娓娓传情的文字细节里,初识汪曾祺的老师沈从文先生,也重新审视同为老师的自己。

沈先生在西南联大开过三门文学课,汪曾祺都选了。师生间长达数十年的深挚情谊由此开始。

沈先生的衣着,汪曾祺印象深刻。"他在《湘行散记》里说他穿了一件细毛料的长衫,这件长衫我可没见过。我见他时总是一件洗得褪了色的蓝布长衫,夹着一摞书,匆匆忙忙地走。新中国成立后是蓝卡其布或涤卡的干部服，黑灯芯绒的'懒汉鞋'。有一年做了一件皮大衣（我记得是从房东手里买的一件旧皮袍改制的，灰色粗线呢面），他穿在身上，说是很暖和，高兴得像一个孩子。"

我做了二十几年老师，也有几件衣饰存放在学生的记忆里。最初教过的学生和我叙旧，偶尔提起我的穿衣打扮，我的浅绿风衣，我的蓝白格毛衣和毛呢长裙……"老师，现在还常想起您休婚假回来，穿着崭新的红格大衣，围着缀有流苏的鲜黄围巾，出现在操场上的明艳模样。"一个叫亚超的女生，几次三番提起我的红格大衣和鲜黄围巾。

汪曾祺对老师的衣着如数家珍，绝不仅仅因为"沈先生自奉甚薄。穿衣服从不讲究"。学生对沈先生的爱慕之情，从对他衣着的清晰记忆里，从衣着之外的细枝末节里，清清溪水般潺湲流出。由此推断，学生记得我二十年前的浅绿风衣、蓝白格毛衣、毛呢长裙、崭新的红格大衣和鲜黄围巾，同样不只因为我曾经的青春靓丽吧？我的学生，定然也是喜欢我的。

沈先生很爱用"耐烦"一词，他的"耐烦"，就是锲而不舍、不怕费劲。"耐烦"写作的沈先生，对学生的帮助也极为"耐烦"。沈先生教创作，对较好的学生习作总是细心修改，寄给熟悉的报刊，尽量争取发表。抗战时期，通货膨胀，邮费也不断上涨，寄一封信，往往信封正反面都贴满邮票。为防止超重太多，节省一点邮费，沈先生总是不厌其烦，把稿纸四周空白的页边都裁去，只留下稿芯。稿子发表寄来稿费,他必亲自给学生送去。经他手介绍出去的学生稿子不计其数。汪曾祺1946年前写的作品,几乎全都是沈先生寄出去的。这样的"耐烦",给了学生很大的鼓励。他一辈子为学生寄稿付出的邮费,加起来是一个相当可观的数字。

汪曾祺的两篇散文,洋洋万言,所忆沈先生为师的诸多细节中,单是为学生改稿裁稿寄稿一事,便足可见沈先生待学生的仁厚。常穿旧衣的沈先生,如此"耐烦"地为学生做嫁衣,学生如何能不爱?如何能忘记?

我教小学初中语文的时间总计二十年,学生习作批阅过无数,可圈可点的并非罕见。虽然我每每示范作文,也偶有作品见诸报刊,虽然各级各类报刊多辟有学生展示的园地,然而我的那么多学生,跟我学习期间,只有十来个孩子的习作发表在我参与编辑的文学报副刊上。回想批改习作的经历,我曾自觉认真,然而看到沈先生常常在学生习作后写很长的读后感,用讲究的文笔评析本文得失,或从这篇习作说开去,见解精到地谈及有关创作的问题,再想想他为学生"裁稿付资寄稿"之类的"耐烦"竟多年与我无缘,深感汗颜。我不禁自问,比起汪曾祺记得沈先生"褪了色的蓝布长衫",学生记得我"崭新的红格大衣"蕴含的喜欢,程度能有多深?

后来读陆建华的《汪曾祺与沙家浜》,在张家口改造的汪曾祺刚被摘掉右派帽子时,面临"回京无望"的困难,首先给沈从文老师去信。沈先生接到来信,顾不上自己正因高血压病住院，甚至等不得家人找来信笺，从练习本上撕下几张纸就急急地写起来。他写一阵，歇一阵，断断续续，用了半个月时间，写下一封近六千字的长信，如父如兄的怜爱与关切殷殷流淌在十二页的字里行间。

不用等到衰老病弱，即使身体繁盛的中年，我对曾教过的最钟爱的学生零星回复的手机短信或QQ信息里，又有几许关切的深情？

沈先生不仅爱他的学生，对于并非他学生的青年，照样不遗余力地帮助。1947年，未曾谋面的青年诗人柯原为父亲看病治丧欠下一大笔债，给沈先生发了求助信，拿不出钱的沈先生决定卖字帮他。他在《益世报》登出卖字启事，买家定出字的规格写信告诉他，他寄字时告知如何直接寄款给诗人。1980年，柯原去看沈先生时叙说起先生曾经对自己的眷注，沈先生才记起有这回事。古道热肠了一辈子，沈先生的善举一定太多，且他并不以此得意，所以才会忘记。

并不富裕的沈先生对金钱看得很淡，收到自己文集的稿费九千多元，便从存款中又取出几百，凑成一万，寄到家乡办学……

一向自诩小才微善的我，反复细读汪曾祺散文中沈先生卖字"救"柯原和捐稿费帮助家乡办学等往事，再不好意思提及自己那些蜻蜓点水般的所谓善举。

虽然未读《边城》，我却在沈先生穿衣为师处世的细枝末节，领略到了大家风采。沈先生的衣着细节与琐碎行事像一面面镜子，照出大家之大，也照出我的庸碌之小。不过还好，除了爱穿新衣与先生常穿旧衣迥异，我的为师处世之道虽比不上沈先生的大道光明坦荡，只能说是一条羊肠小道，但是没有犯南辕北辙的错误，还算与厚德宽仁的沈先生同一方向。

以后，我愿意多在沈先生等大家的镜子前照一照自己，让心中变得虔敬起来，谦卑起来，敞亮起来。

灯火可亲

"家人闲坐,灯火可亲。"汪曾祺散文《冬天》中这句话,宛如冬夜里暖暖的灯火,照得心头明亮一片。一切景语皆情语,冬夜里灯火可亲,只因闲坐一起的是能够相依取暖、相濡以沫的亲爱家人。

1958年秋,被补划为右派的汪曾祺到张家口沙岭子农业科学研究所"劳动改造"。离开北京时,调到新华社工作的爱人施松卿正参加军事训练,无法请假回来送他。他在家中留下一张条子:"等我五年,等我改造好了回来。"简短无华的留言,与汪曾祺背着行李走上火车的背影,经过漫长岁月的剥蚀,依然清晰可亲。到张家口沙岭子,汪曾祺起猪圈、刨冻粪、扛粮食……几乎玩命似的投入农村体力劳动,真心实意地"改造"自己。大学读书时体育不及格的他，在环境艰苦的塞外，能扛八十五公斤重的粮袋攀高。那段比严冬还灰暗的日子，家中那一屋可亲的灯火，定是他拼命努力的一个重要原因。

两年后，汪曾祺提前"改造"好摘掉右派帽子。又经一番波折，他终于重回北京，努力工作追求事业的同时，可以和心爱的妻子儿女闲坐在温暖小家的灯火之下，叙旧话新了。

1991年9月，汪曾祺偕施松卿回故乡高邮，在风光秀美的高邮湖泛舟时留下一张合影，照片上衣着朴素的两个人都已白发满头、皱纹满脸。汪老眯眼侧脸笑对夫人，微张的嘴似在说些什么；夫人目视前方，嘴角挂笑。两位老人的脸上，都栖息着幸福的阳光。"醉里吴音相媚好，白发谁家翁媪？"这样的照片，让人不由得想起辛弃疾《清平乐》中的词句。风雨同舟几十年，有多少寒夜，因夫妻闲坐而灯火可亲？

灯火之下，他们一定曾念起昆明旧事。同在西南联大读书时他们并不相识，然而彼此互有耳闻。汪曾祺听说过西语系有个善良温和的清秀女生，虽淡眉细眼，且因生病而显得慵慵懒懒，却别有一种美丽，被人称为"病美人"。施松卿则更多地听说过沈从文的得意门生汪曾祺，以后又不断在报刊上拜读他的作品。在建设中学，两个人成为同事，相见恨晚，互生喜遇知音的爱慕之感。教学之余，他们常常结伴而行。汪曾祺欣赏一大片胡萝卜地堆金积玉的美景时，施松卿向农民买来一大把胡萝卜，洗一洗就放在嘴里嚼起来，那可爱的模样，在汪曾祺眼里越发秀美动人。汪曾祺不止一次以心爱的人为原型，把施松卿温柔可人的形象写进小说里。浓浓的爱情，使那段穷苦的生活更加甜蜜。

灯火之下，汪曾祺一定曾念起被划为右派的日子。离家时简短留言的条子，早已成为爱的信物。在沙岭子无比艰辛的劳动中，他逼自己学会拼音，给小儿汪朗写信的"乐事"，回味起来也更多了甜味儿。因为别后的重聚，更加懂得了珍惜。

中国当代作家、散文家、戏剧家汪曾祺，京派作家的代表人物汪曾祺，在北风萧萧的暮色中，从神圣的文学殿堂中走出来，和凡庸俗常的百姓一样，如鸟儿归巢，回到并不奢华的小家。他系上围裙，帮爱妻准备寻常的晚饭，饭桌上，有韭菜花，也有蚕豆和萝卜。饭后，他辛勤笔耕，也偶与家人闲坐，说东扯西，暖了自家灯火，也暖了万家灯火。"家人闲坐，灯火可亲。"创作成就不同凡响的汪曾祺，也更加可敬可亲。他的文字，才更具有经久传承、照亮俗世的生命活力。

点一盏灯照亮幸福旅途

一个小伙儿读我的散文集,说我那些亲情文章让他感受到浓浓的暖意,感受到知识分子的人文情怀,让他想起杨绛的《我们仨》。

这小伙儿初入职场,刚开始恋爱,居然读过杨绛九十二岁时所著的家庭生活回忆录《我们仨》!自以为有些文人情怀、已走至中年的我,之前却未曾读过。当即网购来,一口气读完。

一对文人夫妇,一个才女女儿,家的情调总浸在浓郁书香里。钟书到牛津大学公费留学,学习要求甚为严格,读书治学勤奋自不必说。杨绛跟随钟书,"很爱惜时间,也和钟书一样好读书"。她在牛津大学做旁听生,听课之余,在满架满室都是文学经典的图书馆,从容自在地读书学习。

她为自己定下课程表,一本书一本书从头到尾细读。牛津大学假期多,度假光阴,两个人每天除出门走走,便是在租住的寓所相对读书。出门所见的异国风光,杨绛不提。两个人眼里的无限风光,全在他们共同热爱的书里。

由读书到写书译书,两个人乐此不疲。"文化大革命"期间他们俩成了"牛鬼蛇神",钟书重病康复期,手刚能写字,两脚还不能走路,便坚持继续写《管锥编》,杨绛继续翻译《堂吉诃德》。"我们不论多么艰苦的境地,从不停顿的是读书和工作,因为这也是我们的乐趣。"晚年,在北京三里河寓所,两个耄耋之年的老人各据一书桌,因为能安安静静地读书工作而精神矍铄。

两个人的杰作——爱女钱瑗从小就是个优秀的读书种子,充分继承了父母的志趣,乐于读书,勤奋治学。淡泊名利的共同追求,使得小家具备了宁静高远的人文境界,成为三个人精神成长的乐园。

最打动人心的,是三个人乘着精神马车并驾齐驱的同时,不离不弃、相聚相守、相濡以沫。

钟书"拙手笨脚",生活上低能,在牛津留学时,却肯向同学学本领,早晨煮蛋、烤面包、热牛奶、做红茶,用床上用餐的小桌将早餐端到杨绛床前,还配上黄油、果酱、蜂蜜,不厌其烦。他生平第一次划火柴,是为了给爱妻做早饭。杨绛住进产院,女儿出生那天,钟书从寓所到产院,来来回回走了七趟,四次到产院看妻女,依恋呵护之态从往返关切的细节中清晰浮现。回国后夫妻分离时,钟书频繁写信,还为杨绛记录日记,所见所闻、思念之情述说得无比详尽。

杨绛嫁给钟书,由出身名门的大家闺秀,变成无所不能的"灶下婢",承担了绝大多数的家庭琐事。杨绛住产院时,钟书一人生活,打翻墨水瓶染了房东家桌布,把台灯砸了,弄坏了门轴,每做"坏事",满脸愁苦。杨绛总以"不要紧"安慰,以"我会洗""我会修"让他放心,出院回到寓所,钟书做的种种"坏事",她真的全部修好。集妻子、情人、朋友身份于一身的杨绛,被钟书赞为"最才的女,最贤的妻"。

一家人有过别离,更多的是一起同甘共苦。上海沦陷期间,饱经忧患,见惯世态炎凉,夫妇俩却"常把日常的感受,当作美酒般浅斟低酌,细细品尝"。做"牛鬼蛇神"时的杨绛和钟书,存款都已冻结,生活费紧张。懂事孝顺的钱瑗回家探望,为掩人耳目,将事先写好的大字报贴于楼下墙上,以示和父母"划清界限"。回到家,却为母亲缝制睡衣,为爸爸剥他爱吃的夹心糖。细心的阿瑗怕"革命群众"从垃圾里发现糖纸,把糖纸一张张叠好藏入书包带走。阿瑗说自己领工资了,除去饭钱可贴补家用,说话时眼里的泪光闪烁着寸草对春晖的深情。

"阿瑗长大了,会照顾我,像姐姐;会陪我,像妹妹;会管我,像妈妈。"阿瑗和爸爸最"哥们儿",她和爸爸是妈妈的两个顽童,她把爸爸当弟弟。钟书是母女俩的老师,知识学术上的问题都能解决,穿衣吃饭却需母女俩孩子般照顾。

朴素深情的回忆中,杨绛和钱钟书,这对同被称为中国现代著名作家、翻译家,一个兼戏剧家,一个兼文学研究家的夫妇,携着自幼聪慧才华横溢的学者女儿钱瑗,脱掉令人望尘莫及的称号的外衣,换上平常的家居打扮,走进烟火寻常的百姓生活,相伴,相爱,相惜。

阿瑗和钱钟书先后离去,留杨绛独自一人许多年,三个人再不能一起在尘世过日子。走完一百零五年的生命旅程后,杨绛也离去,他们仨终于又在天堂团圆。杨绛生前回忆里悲怆凄美的情思,艰难而快乐的生活,苦痛中流溢真爱的亲情细节,积蓄起温暖不竭的能量,点燃叫作"家"的温馨灯盏,照亮人世间通往幸福的漫漫旅程。

初入职场,刚开始恋爱的小伙儿,心中常记起《我们仨》,爱情婚姻亲情的旅途,应该不会偏离幸福的方向。

还她一片烟火红尘

她是一朵文坛奇葩，是一轮俯视人间的皎皎明月，是一只躲在深树里的清绝鸣蝉，是一枚流浪异乡的叶子。太多的仰慕追随者把她解读成不食人间烟火的花月蝉叶，神化她为民国文坛上的翩翩仙子。

因为这样的解读和神化，只觉她美好，然而毕竟远离世俗红尘，只如浮光掠影，待浅读过她的作品后，便慢慢淡忘。

读过作家梅寒以独特女性视角为她写的传记《最好不相忘：张爱玲传》，却有了别样的感受。从此，传奇百年的才女张爱玲永远鲜活在我的记忆里。

从为赋新词强说愁的学生时代，梅寒一路贪婪享受着爱玲的文字盛宴，成长为当代文坛深受读者喜爱的情感美文作家。少女时代的喜欢背后，梅寒读爱玲，不懂她文字里流淌不尽的苍凉，不懂她对亲人的冷漠与绝情，不懂清高孤绝的她为何要为一个已婚男人低到尘埃里开出欢喜的花……

常读常新，愈读愈爱。读过许多遍爱玲的书，读过许多有关爱玲的书……岁月深处，成熟优雅的梅寒，终于解开年少时的诸多不懂。相比花月蝉叶脱俗仙子的解读，梅寒更愿意"走近那个脱去仙羽霓裳融入世俗的烟火女子，以一颗尘世女儿心去解读另一颗尘世女儿心，以烟火红尘的眼眸来观另一位红尘女子"。

于爱玲，因为懂得，所以慈悲。

于梅寒，因为慈悲，所以懂得。

为还爱玲一片烟火红尘，梅寒怀一颗慈悲女人心，再次细读了张爱玲的作品全集和几十本有关她的书。这本传记，梅寒从生命复苏的早春写起，一直写到果实累累的秋天。夹在书页里的爱玲的影像，那个扁平的没有生命的小纸人，在梅寒的文字里站立起来，生动起来，从童年到少年，从上海到香港再到美国，有了烟火女子的血肉和性情，有了世人寻常的苦乐哀愁，快乐时笑，悲伤时哭，顺风顺水时她曾张扬，激流险滩中她更会迎难而上……

梅寒的笔锋并不避开爱玲人性中的冷漠和作品中的苍凉：她冷冷地熄灭了年老多病的父亲见女儿最后一面的念想；香港的"围城"岁月，她做临时看护，"病人们看到她和她怀里的牛奶瓶子，如同看到黑暗里一朵湿润如玉的百合花，但百合花的脸上却挂着冰冷的表情"；《沉香屑》中曾经单纯的葛薇龙被姑妈利用，最终成为姑妈的工具；《金锁记》中的亲情完全被金钱扭曲……

梅寒以她女性的悲悯与宽容，以她细腻传情的笔调，写爱玲苍凉与冷漠的根源：四岁时，追求个性自由的母亲就远渡重洋出国留学，留给她漫长的孤独与思念；父母人生态度的截然相反与情感的背道而驰，养成了她分裂与矛盾的性格；继母"馈赠"的穿不完的不合体的旧衣，让她耻辱和痛恨；亲生父亲无情地将她关押在家里，任她患上致命的痢疾，发高烧，上吐下泻，也不给她请医送药……从小生活的那个缺情少爱的家庭环境，日渐根深蒂固，牢牢地扎在她的生命里，让她的笔总也无法避开少时伤痛留在她身上的烙印。缘着冷漠和苍凉追溯开去，爱玲的成长经历让人唏嘘不已。

然而，这本传记中，爱玲作为细腻多情的女子，也向来不乏悲悯之心。"无论她散文里那些路边经过的小人物、开电梯的工人，还是路遇封锁急着回家做饭的女佣、菜场里撒了把骑着单车呼啸而过的小孩，她都愿意停下来用一双世俗的眼睛，细细地找出她们身上的一些尘世欢喜来。"

"她的散文和小说，篇篇精彩，俗世的悲凉底子上，是满目的珠玉翡翠。"爱玲的第一本小说集名为《传奇》，她自己亦是烟火红尘里的传奇女子。最为传奇的是她的两段爱情经历。先是与大她十几岁的汉奸胡兰成乱世结缘，又被这个多情自负的男人无情抛弃。本该怀一份深深的怨恨，然而，爱情背离后，她在给他的最后一封信中，仍附上了她当时的全部收入——三十万元稿费。后在美国与隔着三十年岁月鸿沟的老男人赖雅执手，随着旧病的一次次复发，赖雅的身体很快垮下去。爱玲宁肯中止写作，尽心照顾他，宁肯卖掉母亲留给她的一件件宝贝，换成她和赖雅糊口的钱。赖雅的病再次复发从医院回到家中的那个新年，爱玲许下唯一的心愿："新的一年里，只愿甫德身体康健。"然而，执子之手，却不能与尔偕老，赖雅终是离开人世，弃她而去。

爱玲的两段爱情，为许多世人不解，尤其胡兰成，至今仍被口诛笔伐。梅寒却写："他给过她爱，给过她美好，给过她前行的力量，当然，给她的痛苦与伤害也非同一般。爱恨情仇，错综复杂，怎一声'对错'断然切开？"再传奇的才女，也有着烟火红尘里的爱情梦，所以，"见了他，她变得很低很低，低到尘埃里，但她心里是欢喜的，从尘埃里开出花来。"低至尘埃里的爱恋，欢喜的花才开得更粲然。梅寒的传记里，开着许多独属于爱玲的欢喜之花，"他一人坐在沙发上，房里有金粉金沙深埋的宁静，外面风雨琳琅，漫山遍野都是今天。""胡兰成坐在客厅里，爱玲起身去为他沏一杯暖暖的茶。沏茶的间隙，回转身，看到坐在沙发上的那个男人，爱玲的眼角眉梢都是柔情蜜意。"与又老又穷的赖雅执手，她亦有她的幸福，"时值深秋，麦克道威尔周围的群山层林尽染，一派恬静的田园牧歌风光。""有爱人相伴，有了家的归属感，爱玲的心情大好，她可以静心创作自己的长篇小说了。"这本传记里，生命华美的袍上，不只有虱子，也有蜂飞蝶绕。爱玲关于袍与虱子的一个句子，哪能诠释她生命的全部？烟火红尘里哭过也笑过的爱玲，才是血肉丰满、生命气息浓郁的传奇女子。

一生时间的洪流里，爱玲对文学的痴恋与不懈追求，她的韧性与顽强，贯穿这本传记的始终。梅寒以她细腻委婉的文字，以生动传神的细节，再现了爱玲一生的生活图景，读着读着，便置身其中，跟着梅寒的笔迹，跟着爱玲的脚印，一起哭一起笑，一起欢乐忧伤……

"最好不相忘"，如梅寒所期，有血有肉的红尘里的张爱玲，倒是越发值得人喜欢、敬爱，值得人一而再地静心去品读。梅寒传记中走出的，是大家期待的爱玲，读完这本传记，从此，不会相忘。

才情如叶善如花

"如何让你遇见我 / 在我最美丽的时刻 / 为这 / 我已在佛前求了五百年 / 求他让我们结一段尘缘 / 佛于是把我化作一棵树 / 长在你必经的路旁……"

风行 20 世纪 80 年代的《一棵开花的树》,以纯情美丽的花树为意象,摇曳着真挚动人的爱之情怀。

年少情怀总如诗。创作这首诗时,席慕蓉风华正茂,正值"最美丽的时刻"。捧读着她的诗集《七里香》,想象海峡彼岸,集诗人、散文家、画家称誉于一身的奇女子,也如一棵葳蕤芬芳的花树。青春的诗情画意,是她生命枝头繁密的绿叶。清风阳光中,才情的叶片跃动着活力和生机。

在报上初识席慕蓉容颜,她已年逾七旬,体态发福,短发稀疏，下颌松垂。然而她精神矍铄，笑容饱满，神采间洋溢出知性热情的自信与雍容。如她所说，生命不应以年份来计算，因为人不是罐头，灵魂不会妥协，不应用年份打上某种标签。熟女情怀也如诗，"一生／或许只是几页／不断在修改与誊抄着的诗稿／从青丝改到白发／有人／还在灯下。"她晚年诗集《以诗之名》包蕴的诗情，更加温润、澄澈，如四季常青的绿叶，经过夏雨秋霜的洗礼，愈发青葱宜人。

席慕蓉的诗情画意里，永远弥散着纯洁善美的气息。《一棵开花的树》的灵感，缘于火车上无意间一回头。山坡上那棵开满白花的油桐，触动了她对自然满是关切爱怜的善心。她的善，亦流露在眉目举止间。师从国画大师溥心畬时，溥老师因欣赏她深厚的诗词底蕴，写"璞"字赠她，字未到手便被一男生抢走。面对老师示意抢回的眼神，宽和大气的她用目光向老师示谢，表示已收下字的神，将字的形让给男生。骨子里的纯净温善，如香花丽朵，为她茂叶般的才情添出无限妖娆。她葱茏的生命之树，总飘溢着沁人心脾的芬芳。

从第一本诗集《七里香》到第七本诗集《以诗之名》，隔了三十年时光。相信再过几个三十年，诗文画作中才情与温善的翠叶芳花，仍会让她的精神灵魂之树，摇曳在人类历史的旅途。

天下女人，任你年少貌美、风韵迷人，却百川归海般无法抗拒青春之叶与容颜之花日渐凋零，才情之叶、温善之花却可让生命之树常现生机和活力。

　　心怀才茂德馨的梦想,即使只修得小才微善,女人的生命也能叶茂花鲜。做不得枝繁花盛的高大乔木,成一丛矮小的开花灌木、一株无名的草本花卉也好。闲时行几里路、读几页书、交三五益友,开阔视野、修养性情、培育善心,言谈微笑、举手投足间,让精神之叶常鲜,让灵魂之花常艳,为尘世常添明媚馨香。

别人身边的大神

大神，神一般的人物，在某领域才华出众的人。一度认为，大神让我等俗人望尘莫及，忙碌于工作生活的同时，便只管怀着自己的小情趣小梦想，在时光的夹缝里碎步向前。因此，我少有闲暇关注红遍媒体、闪亮在身边的大神，也断了成为许多大神粉丝的机会。

在新时代队伍庞大的手机族中，也偶能瞥见我的身影。清晨醒来，深夜睡前，等绿灯的人行道边，飞驰的汽车火车上，或卧或立或坐，左手握住手机，右手迅速点击屏幕上的文字输入键。输入手机笔记文档的，有时是一个完整片段，有时仅是只言片语，有时是一气呵成的几百上千言。随时随地零零散散键入的文字，或是现场描摹的生活画面，或是即时捕捉的灵思妙想，或是瞬间摄取的真情火花，或是静心回顾的尘世镜头。这些鲜活的细节和灵动的情思，是我从时光流沙中淘出的金子。

去远方出差，在火车卧铺上要度过十几个小时。和我同一包厢的三个乘客，除了吃饭睡觉偶尔闲聊，其余光阴全对着手机打发，聊微信，玩游戏，看电影，追韩剧……我在上铺，也拿着手机，回想记录几日前一幕温馨场景，时而对着天花板静思默想，时而凝神屏幕飞快输字。写写停停，停停写写，下火车时，一篇千余字的短文已在手机笔记文档完成，并校对过三四遍，通过云同步上传到互联网。回家点开相关网页复制粘贴，文章就保存到电脑文档。

几年前的暑假，为了看日出，夜半登泰山。坐车到中天门，午夜刚过，开始步行。泰山的路，越往上坡度越大，越往上台阶越陡。黑暗中只凭一道手电筒光探路，比白天攀登更险更难。

步步踩实，走走歇歇。每每停下，脚歇手不歇，左手紧握手机，右手飞快记录登山途中的别样风景：抬头看山上，商店的彩灯和登山者的手电筒光束隐隐现现，蜿蜒而上，像一条飞舞在暗夜的长龙。点点亮光，是龙的鳞片。低头看脚边，借着手电筒的光亮，偶见台阶石栏相交角落的小花，或是喜人的金黄，或是清雅的淡紫。一路上，夜风在苍松翠柏间奏着高低变幻的旋律；流泉飞瀑抑扬有致地唱歌，潺潺，铮铮，淙淙，哗哗，歌声时缓时急；身边的游人附和着水声风声，低语和喘息；天空中月转星移，云也浓浓淡淡，变幻多姿。

近五点二十分，登上日观峰。日观峰下云气腾腾，滔滔如海。云海相接处，金光灿灿，一块一片的金云转眼聚成一座金山。金山云海间，太阳露出了小半边脸，一点一点上升变圆。圆晃晃的太阳跃出云海的瞬间，几束金光劈云破雾，照亮连夜登山向日而行的人们，伴着一阵阵排山倒海的欢呼……

泰山之巅，我看到了最壮丽的日出！泰山之巅，我披着金色阳光，在手机上完成游记散文《泰山向日行》。观日成文，让我忘却了寒冷，忘却了攀登的疲惫和腿脚的疼痛，每一根血管都奔涌着兴奋和激动。游记结尾，是我悟出的人生哲理：目标明确，如登泰山向日行，步步踩实积极攀登的过程，就是一道无悔的风景。太阳定会升起，即使云遮雾绕，朗照不到面前的一方天空，站在观日绝顶，便已抵达"一览众山小"的成功胜境。

牢记这样的哲理，认真工作用心生活之余，我在点点滴滴细碎的光阴里与文字梦不离不弃。铢积寸累，集腋成裘，忙里偷闲混在"手机族"中拼凑的短文，早不下百篇，发表出版的文字已逾百万。长此以往，无暇成为诸多大神粉丝的我，或许某一天，会成为别人身边的大神。